穿越到小說裡成為第一個被殺的砲灰

作者 夏天晴
插畫 Welkin

CONTENTS

第一章 筆電的另一種用途 004
第二章 這就是所謂的SL大法嗎？ 018
第三章 不受歡迎vs.受歡迎 038
第四章 距離上一次臉紅心跳是多久以前？ 082
第五章 致我的英雄 132
第六章 怪物的誕生 180
第七章 過去的傷痕 211
第八章 和我的旅行 232
番外篇 252
後記 276

第一章　筆電的另一種用途

凌晨時分，鋁罐被踢飛的噪音響徹入夜後變得寧靜的住宅區。

一道嬌小的身影穿梭在巷弄間，他迫切希望自己能跑快點，如果不加快速度，他很有可能就要回到那個家，那是多麼令人作嘔的地方！

巨大的壓力與恐懼激增了小男孩的腎上腺素，他奮力地逃出住宅區，往後山坡奔走。

直到身後不再有腳步聲，耳邊只剩下自己紊亂的呼吸聲時，小男孩猛地轉過頭，眼前是一片漆黑的樹林。樹叢沒有半點動靜，只剩不知道是什麼昆蟲的鳴叫聲而已。

他終於甩掉那男人了，那麼接下來……

小男孩慢慢退後，腦海裡浮現出各種資訊，他得挑一個出來實驗，一旦成功了，接下來就能剷除身邊所有阻礙他幸福的人了。

正當小男孩幻想出那些畫面而竊喜時，一腳忽地踩空，整個身軀往山谷跌落。

＊＊＊

喀噹一聲，季曉拆下了客廳牆上的擺鐘，收進搬家用的紙箱中。

屋裡的霉味讓季曉老早就有股想打噴嚏的衝動，他忍耐著將紙箱封裝好後，就前去打開屋內唯一的那扇窗。

風倏地吹進屋內，這是位處台地特有的強盛季風，乾冷的風讓季曉的頭隱隱作痛，但季曉明白頭痛的主因是睡眠不足。

接到出版社電話是一個月前的事了，當時季曉正忙於準備下學期的教材。也許是太過疲勞而缺乏判斷能力，他竟然接起了平常不會理會的陌生電話，對方表明自己是季曉的父親「季震」的責任編輯，並告訴他一項驚人的消息——他的父親死了。

因為超過父親每週截稿的時間，出版社仍無法聯繫上季震，責任編輯不得已找上季震的住處，才發現季震倒臥在筆電旁已無呼吸心跳。

司法相驗初步排除了他殺的可能。如果父親沒有習慣把就醫單據收集疊好，他與母親根本不會曉得父親長期為慢性病所苦，最終病死於租屋處。

季曉一想到父親就有些心痛，因為他已經超過十年沒見過父親了。

父親在他升高中時與母親分居，獨自一人住在這間租屋處。母親曾說父親是為了實現夢想而離開家裡，只是季曉不明白究竟有什麼是能讓父親不顧一切拋下他與母親也要實現的夢想。當時的他無法諒解父親的所作所為，誓言絕對不會主動去見父親。

直到季曉就讀大學二年級，系上同學獲得了出版社提供的小說連載機會，他間接從連載網站中發現了父親的名字，才知道父親用本名著作了超過二十本的推理懸疑小說。

雖然拉不下臉去見父親，但季曉每週都會鎖定父親的連載作品，追蹤連載成為他默默關注父親的方法。怎麼也沒料到這部作品還未連載到結局，父親的生命就結束了。

從得知父親已死的那天開始，季曉就過著一天睡不到三小時的生活。今天乾脆向學校請一整天的假，打算利用這天把父親生前的住處打掃乾淨做個了結。住處還給房東後，生活將恢復正常。

窗戶透入的陽光照亮了屋內揚起的灰塵，季曉穿過這看似閃耀實質毫無意義的塵埃，將做好的新紙箱擺到書櫃前。高至天花板的書櫃裡幾乎都是推理懸疑類別的小說，季曉將以父親本名出版的書籍放至紙箱的左側，將其餘那些父親喜愛的作品、寫作技巧的工具書放到紙箱的右側，避免父親的著作被厚重的其他書壓到。

季曉將所有的書都裝箱好了，只不過父親著作的那一排有些傾斜，正當他覺得書中是不是有夾書籤的時候，廁所方向傳來了低沉的嗓音。

「我先把垃圾拿去一樓的垃圾集中處理區，待會回來喔。」

提著垃圾袋的男人是季曉在地區社團發文尋來的家事服務員，因為對方介紹自己除了清潔服務之外，還能開發財車幫季曉載運行李，可以同時了卻季曉的兩樁心事，季曉二話不說就錄用了他。

不過當時季曉看見的帳號頭貼是黑髮，目前站在矮櫃隔出的玄關處穿鞋的男人卻是金髮的，這讓季曉忍不住多看了好幾眼，對方看起來跟他年紀差不多，說不定還比他小呢。

正當季曉在觀察金髮男人的同時，對方從矮櫃裡拎出了一雙破舊的鞋，向季曉詢問：「這雙鞋很破舊了，你要留著嗎？」

季曉走向金髮男人，端詳了那雙鞋底鞋尖都沾染泥濘的白色球鞋，發現鞋底已經破損了，便說著：「你順便幫我丟掉吧。」

「嗯。」男人收拾好正要走出住處，季曉喚住了他。

「都已經要中午了，不如你先去吃午餐吧，這個錢給你。」季曉拿了兩百元鈔票遞給對方。

然而金髮男子只是看了一眼，沒伸手拿錢。

「嗯，我倒完垃圾就去吃飯。」金髮男子說完掉頭就走，留下還處在伸手拿著鈔票姿勢的季曉。

季曉尷尬地將鈔票隨意塞進口袋。真糟糕，壞習慣又出來了。季曉知道自己的缺點就是習慣用自己的思維去同情別人，想著這麼年輕的男子在他凌晨發文時，立刻私訊他說什麼工作都願意做，私自把對方想成是扛了家計，不得不兼差多份工作的可憐孩子，想拿錢同情對方，卻忘了這種感覺就像自己居於上位在憐憫人一樣。

就在季曉檢討自己的時候，金髮男子又走回他的面前。

「你要買便當嗎？我知道遠一點有一間炸雞腿便當很好吃，我過去買。」

「好啊，我對這裡不熟，還在想待會要吃什麼咧。如果你方便的話幫我買一份，錢給你。」季曉再度把鈔票遞給金髮男子。

「好。」

「對了，我叫季曉，我只知道你社群網站上的暱稱，不知道要怎麼稱呼你？」

「陸毅鋒。」金髮男子拿了錢就離開住處。

等到陸毅鋒走遠，季曉趕緊回到屋內，檢查了對方剛剛打掃的浴室。鏡面和牆面乾淨到發亮，連牆壁與洗臉盆發霉的接縫處都像是剛上矽利康那樣的潔白。

季曉原先有著女性比較會打掃的刻板印象，對此感到歉意，決定要在陸毅鋒回來前把父親的檔案備份起來，好讓陸毅鋒趕緊把客廳打掃乾淨、搬完行李提前結束工作早點回家休息。

季曉坐到父親工作用的矮桌前，將帶來的隨身碟插進筆電。父親的筆電果然有設定密碼，季曉試著輸入自己的生日，電腦竟然解鎖了，這讓季曉百感交集。

他登入了父親的筆電，點擊桌面上寫著「工作用」的資料夾，裡頭有著比父親實際出版還多的文稿數量。

季曉不曉得父親把新作寫完了沒，點選父親生前正在撰寫的那份稿件時，門鈴聲正好響起。

不知是不是陸毅鋒忘了拿東西，季曉趕緊前去應門。

逐漸擴大的門縫另一邊，站著一位戴著鴨舌帽、黑色口罩的陌生男子，此人全身黑裝，只露出一對眼珠，這讓季曉嗅到了危險的氣息。

季曉還來不及詢問對方的身分，忽有一股力量朝他胸口用力一推，他踉蹌地往後幾步，陌生男子又再一次使力推他。

季曉眼看不對勁想把對方推出門外，對方卻早先亮出小刀。銳利的小刀朝季曉的胸口刺擊，他本能反應地往後躲，手臂仍被割傷。

傷口所帶來的熱痛感讓季曉整個人籠罩在恐懼之下，身體即便被散落的雜物給往後絆倒，坐倒的身體仍不停地往後挪。

陌生男子是誰？為何自己會被刺傷？季曉光是分心想這些，陌生男子就已經衝向他，那反射光線的刀鋒差幾公分就會刺進季曉的身體，他只能用一手抵住對方的胸口，看著那刀尖就擺在他的喉嚨上方。

身體不停地顫抖讓季曉無法使力，紊亂的呼吸與心跳聲彷彿在告訴自己就要被殺死了。季曉自認這一生雖然不是聖人，但所作所為也對得起祖宗八代，既沒有害過人也沒與人結怨，曾經利用兩次的暑假當志工，假日也曾去狗園幫忙，國中三年都是副班長，高中還做過別人不想當的環保股長，更別說升上研究所的他擔任總務股長，去收同學的班費。分類起來，他肯定不是壞人吧？

突然出現的回憶跑馬燈所帶來的憤怒感給了季曉一股力量，左手總算是勾到了身邊的膠台。他二話不說用膠台刀尖往那男人的太陽穴用力揮擊，趁男人挺起上身時趕緊翻身逃脫，死命從地上站了起來。

季曉確實用盡全力打了過去，對方的頭部也流下了鮮血，對方卻像沒有痛覺似的，只是慢步逼近他，面露空洞的眼神讓季曉全身發顫。

季曉計畫從窗戶逃出去。畢竟從二樓摔下的骨折都總比待在原處被殺死好。但在逃出之前他至少要拿走父親的筆電，因為他還沒有複製檔案！

季曉迅速拔除筆電的電源線，抱著筆電往窗戶方向衝去，頸部卻突然被人給勒住，他呼吸不到空氣，整張臉都漲紅了起來。

陌生男子用散落的電源線勒緊他的脖子，季曉敢肯定再過幾秒自己就會沒有反擊能力了。他不想莫名其妙地就這麼死了，憑什麼他得葬送在這個陌生男子的手中！

季曉拿起手中唯一的武器，高舉那台筆電，狠狠地往身後的男人砸去。

明明打在對方身上，季曉卻感到天旋地轉，雙腳已無力撐起身體。他感覺到自己倒臥在室內，意識被狠狠地拋到了某一處。

「阿曉，要記得鎖門喔。」

一個略帶沙啞的女聲喚醒了季曉。等到眼前的景象逐漸清晰後，季曉發現自己的手就快跟著木板被高速旋轉的鋸片切成兩半了，加上方才跟殺人犯對峙所產生的恐懼一窩蜂湧進他的腦海，讓他喊出畢生最大的叫聲。

「哇啊！救命啊——」

季曉整個人蹲到台鋸旁，蜷曲著身體不斷地說著：「我遇到隨機砍人的傢伙！在二樓公寓，拜託快幫我報警！」

打算離開木工廠的男女學生面面相覷，不一會兒，其中發出沙啞聲音的女孩笑了出來，用力揍了季曉一拳。「白痴喔，你睡糊塗了！你一直待在學校，哪來的公寓！」

另一位留著山羊鬍，打扮入時的男人替他停止台鋸的運轉。「我看你先去洗個澡冷靜點再做吧，怕明天看不見你的拇指。」

季曉把臉整個埋在膝上，在黑暗的視野裡不停催促自己趕快恢復平常心，「這兩個人到底是誰」的疑問卻在他的腦海裡不斷膨脹。為何自己會出現在有一堆機器的木工廠？他可沒有做木工的興趣，這些人肯定認錯人了吧？但是他確實聽到有人喊了他的名字才醒來。

季曉緩慢地抬起頭，看著交情好到可以亂打他也沒有一點愧疚的陌生人。

「聽說宿舍的熱水器還沒修好啊？雖然很感謝你幫我做作業，可是今晚我要幫女友慶生，會帶回家住。你知道的，我等這天等超久了！是兄弟的話今晚就別來打擾了，看看有誰可以收留你。」

山羊鬍的男人邊說邊看向身旁的女性，後者則迅速地撇開視線。「你如果自己做作業，阿曉就不用熬夜成這樣了。」

男人索性搭著季曉的肩，還收緊手臂，似乎是想表示友好，只不過季曉對明明是陌生人卻如此親暱靠近感到難受。心想這對男女到底是誰啊！

穿著一字領露肩上衣，配上露出肚臍的低腰牛仔短裙，神情極度自信的女人察覺到季曉一直在看她，立刻收回笑容。「別指望我會收留你喔，我今晚要在茱蒂露露打工，除非你想在我被客人吃豆腐後當我的沙包。」女人作勢憑空揮拳，彷彿被客人偷吃豆腐已經是常態了。

茱蒂露露……季曉倒是對這個店名有印象。

這不就是父親新作裡的美式餐廳店名嗎！

文章中描述，在茱蒂露露打工，得穿著迷你裙溜直排輪送餐，還得陪客人玩團康遊戲。因為薪水比一般服務生高，為了償還父母債務的她從大一就開始在餐廳裡打工，而那個「她」的名字是……

「秦梨？」

女人蹲在季曉的身邊，撐著精緻的臉龐，用那裝上假睫毛像貓一般的雙眼瞅著他問：「幹嘛？」

那麼旁邊留山羊鬍的男人，就是為了跟女友約會把作業交給同學收尾，才會讓同學熬夜趕工，凌晨回到宿舍慘遭兇手殺害成為第一個被殺死的砲灰。這個男人叫做……

「林玖九？」

「季曉！如果你想再去看牙醫，我不介意你用疊字喊我名字喔！」男人繞著拳頭作勢揮拳，季曉頓時覺得現在的自己還真沒人緣，動不動就要被打。

所以說，那個第一個死掉的角色叫什麼名字呢？因為一出場就領便當，加上這部作品的連載橫跨了將近半年的時間，季曉根本不記得這角色的名字。然而現在，「季曉」卻成了砲灰的名字？

想不透為何自己會變成小說角色，焦躁不安的情緒讓季曉下意識地摸向頸部，身體似乎沒有被勒過的痕跡了。他不免想著這一切難道是身受重傷，在醫院昏迷下而產生的夢境？現實都快死了，至少給他一個可以每天自然醒和擁有不限刷卡金額也不用還款的魔法小卡美夢吧！

季曉收起了自己卑微的期待，假使退一萬步想，他真的穿越到小說裡成為第一個被殺的角色，那他現在唯一要做的就是——逃過死劫，活下去！

季曉抓起身邊的包包，立刻往外跑。如果待在學校會有危險，那就趕緊離開木工廠，遠離學校宿舍！

離開前，季曉依稀聽到秦梨對阿玖喊著：「都怪你太兇了啦！」

季曉拿著只夠放手機和錢包的側背包，一路逃到學校附近的捷運站。獨處會令他想起被殺的恐懼，待在人多的地方反倒能讓心沉靜下來。

因此，季曉選擇進到捷運站旁的超商，坐在能看見行人的櫥窗座位區，順道端詳這個角色的所有物。

這個角色似乎是個惜物之人，錢包的縫線周圍都有使用已久的破損痕跡。而裡頭不管是學生證、身分證、健保卡的大頭照都是季曉的臉，他不禁自暴自棄地笑了好幾聲，佩服起這個角色道具做得還真是逼真啊！

季曉真不想承認自己在遭遇殺害時穿越到父親著作的小說裡。這怎麼可能呢？他拿出這個角色的手機，雖然不是自己的，季曉的臉卻能順利解鎖手機，而且在他碰觸後手機也立刻震動了好幾聲，嚇得他全身抖了一下。

「哪有這麼巧，剛好打來啦！」季曉不想接，立刻按拒絕，現在誰也不能打擾他釐清現況，然而手機卻像在跟他作對似地再度響起。會連打兩次肯定是有急事吧？但管他有什麼要事，現在最重要的就是活下去！

如果他不幸成為第一個被殺的角色，只要不回宿舍就不會被殺啊！

當季曉這麼想的同時，原本坐在他隔壁的女客人往旁邊坐了過去。季曉一直很在乎別人的眼光，這舉動讓他下意識聞了聞袖口與領口的衣物。

「好臭！」這肯定是好幾天沒洗澡的汗臭味，這角色如此認真做作業，好幾天泡在木工廠不睡覺替同學收爛攤子，作者還讓他死，實在太沒天良了！

可一想到這是父親的作品，季曉忍住了想吐嘈的衝動。他根本沒資格批評，畢竟在現實中他自己不也一樣嗎？被研究室的同學騎在頭上，就連學弟妹也以下剋上，既然都是這麼悲慘的命運，那他就用魔法小卡去刷個舒適客房來犒賞一下被殺的自己應該也行吧？反正這裡就只是小說世界，又不一定要還卡債。

季曉鎖定了在捷運站附近的飯店，打著到飯店再叫晚餐的主意，火速買了當作前菜的零食、啤酒和冰淇淋。

半小時後，季曉成功進到一晚要價三千六百元的舒適客房，那張雙人大床看起來很好睡，季曉就跳上柔軟的床滾了好幾圈，順便拿起手機，點了心心念念的小籠包、蝦仁蛋炒飯以及一盤要價媲美一個便當錢的小菜。

在美食送達前，季曉迅速把這身汗臭全洗乾淨，神清氣爽地走出浴室，回到溫度合宜的房內。把自己整頓乾淨之後，總算能暫時鬆口氣迎接美食了。

季曉的時間算得很準，飯店服務生從櫃檯打了通電話通知他美食已送達。過沒多久，客房門鈴聲響起。季曉以為自己必須要到櫃檯拿餐，沒料到會直接送上來，他立刻前去應門。

逐漸擴大的門縫外站著一個男人，和季曉預想的美食外送員不同，對方沒有拿任何飄滿香氣的晚餐，就只是一個人前來。戴著鴨舌帽和黑色口罩的男人整張臉只露出一對眼睛，那是季曉忘不了的眼神，彷彿多看一眼就會被拉進深淵般的空洞。

在季曉驚覺不對勁時，對方已經朝他跨了一大步，胸口湧出的炙熱與強烈痛感讓季曉不可置信，自己又犯下同樣的錯誤。

季曉低頭看著那把刺入胸口的小刀，沒想到連待在小說裡也要被那個莫名其妙的男人殺死。

明明沒見過這個人，對方卻像跟他有深仇大恨似地想置他於死地，刺了他好幾刀。

好痛，血的味道好濃……

季曉死命瞪著冷血的犯人，已經沒有力氣數自己到底被刺了幾刀，只聽見外頭傳來了尖叫聲。

他果然是第一個被兇手殺死的砲灰……

媽的，下次他絕對不要獨處了，身邊有個人陪就不會被殺了吧！

如果還有下次的話……

第二章　這就是所謂的SL大法嗎？

「阿曉，要記得鎖門喔。」

季曉倏地睜大雙眼，同時用力吸了口氣讓自己從恐懼中冷靜下來。

眼前是一片長條木心板與自己快被鋸片切到的手。熟悉的台詞與畫面讓季曉想起阿玖曾經操作過這台機器，憑著印象按下機器的暫停鍵，並環顧四周。

他回到木工廠，也就是穿越進小說裡的起點。

「聽說宿舍的熱水器還沒修好啊？雖然很感謝你幫我做作業，可是今晚我……」

季曉伸手遮住了阿玖的嘴不讓對方把話說完。

被兇手殺死的痛覺依稀還留在季曉的腦海裡，只覺得自己的胸口痛得要命，不想再聽重複的台詞了。

阿玖趕緊拍開他的手，「你幹嘛啊！」

「我知道你要說什麼，快去看你女友吧！但作業我不會幫你熬夜做！」

季曉扮演的這個角色似乎從未拒絕他人的要求，以至於阿玖遭受到前所未有的挫折。

「我們不是兄弟嗎？幫一下嘛！」

站在一旁的秦梨實在看不下去，將雙手盤在胸前，怒瞪著把季曉的幫忙當作理所當然的阿玖。「自己的作業本來就該自己做啊！不然你叫女友來幫你，無人的木工廠正是你們約會的好去處喔。」

「怎麼可能，她的手要是被木頭刺傷，我可是會自責切腹啊。今天是她的生日嘛，就一年一次，拜託啦——阿曉幫幫我。」

季曉被阿玖拉著搖晃，但他根本無心去管什麼女友追很久，老師很兇，留下不好印象論文不會過這些事。他看著可以靈活動作的手指，身上的白T也沒有染血的痕跡，依照季曉以前看小說的經驗，目前的狀況——該不會是他死了之後，回到章節開頭吧？

秦梨和第一次出場一樣，蹲在他面前，朝他揮了揮手，「我今晚要在茱蒂露露打工，會很晚才回家……」秦梨的表情不太好，大概是被季曉連日趕工沒有洗澡的汗臭味給薰到。

「不過，我待會要先回家換衣服，浴室可以借你用唷。」

秦梨說出了第一次沒有的台詞，或許也是因為季曉說了第一次沒說過的話才有這個機會。他趕緊握住了女神的手，「謝謝，今日請讓我跟隨妳。」

秦梨縮著肩膀，甩不掉季曉像抓住救命稻草般的手。

雖然成年男子因為宿舍的熱水器壞掉，跑到住在學校附近的女同學家洗澡什麼的，根本不是理智的行為，不過季曉已經無法顧及形象問題了。

他記得秦梨和第一位死者是好友關係，季曉就把對方當作家人那樣，快速把那身季曉自認與形象不符的臭味洗乾淨。

季曉利用短暫的洗澡時間釐清目前的狀況。父親連載這部作品時沒有著墨太多關於第一位被殺的死者故事，季曉憑著殘存的印象，死者是在凌晨回宿舍洗好澡，返回寢室時被兇手用電線勒死。那天晚上正好其他三位室友個別都有計畫出去過夜，警方便認為是熟知室友動向的熟人所為。

「真的可以嗎？如果惹楊教授生氣，能順利畢業嗎？」

從浴室門外傳來秦梨的聲音，季曉的思緒立刻擺回到現下，差點誤會了秦梨所說的「楊教授」是他現實跟隨的教授。現實中的季曉，在就讀研究所時跟隨著他在大學時期就很崇拜的楊教授，研究所畢業後繼續擔任其教學助理。

「想順利畢業和幫阿玖收爛攤子是兩回事。一直讓我幫他做作業，對他的將來沒有好處。」

季曉的回答內容似乎跟父親設定第一個會死的砲灰性格不同，蹲在廁所外頭的秦梨有些訝異，對此卻又說不上什麼話，畢竟她也曾把作業丟給季曉去完成。

這份小小的罪惡感讓秦梨說出了平常不會說的話：「不是說宿舍的架高床很硬很難睡嗎？反正我待會要去打工，你如果想睡覺的話可以先睡我的床。」

秦梨話剛說完，浴室裡的熱氣拂過了她的手臂，抬頭一看，季曉頂著半溼的頭髮經過她的身邊。

「我可以跟妳一起去打工的地方嗎？」季曉邊用毛巾擦乾溼漉漉的髮絲，一邊俯視秦梨耳朵上那對黑色三角型耳飾。即使季曉所扮演的這個角色非常想睡覺，他也不能選擇獨處。只要身邊有人，兇手應該會「擇日再殺」吧？

季曉抱持著先活過這天的決心，再度詢問面有難色的秦梨：「還是妳怕被我看到滑倒的模樣？畢竟妳的平衡感很差。」

「我可是餐廳裡的直排輪女王耶，已經不是小時候的我了，好嗎！你要跟來可以，就只能待在客人區，而且店裡有低消喔！」

季曉慶幸自己還記得秦梨曾經在小說裡跟阿玖提過小時候不會溜直排輪的描述，確定了今晚的落腳處。

反正之前的死，都是因為他獨處造成的，只要待在人多的地方就很安全。

季曉抱持著這個信念來到秦梨打工的美式餐廳。

位於捷運站附近且臨近六線道主要道路上的餐廳，除了有主打的亮麗服務生之外，每週也不定期舉辦樂團演唱、魔術表演、團康等活動，是許多上班族、大學研究生晚間的聚會聖地。

季曉低調地坐在兩人座小圓桌，點了許久沒吃的炸味拼盤和大杯雪碧，隔壁桌的一群男女似乎是被教授請客的研究生，他們推舉了幾位男同學上台和服務生一起玩呼拉圈遊戲。

季曉顯然與前方歡樂的氣氛格格不入，因為滿腦子都想著要怎麼活下去，那張臉根本開心不起來，索性舉手喚著身旁的服務生：「秦梨，幫我續杯。」

穿著直排輪的秦梨俐落地轉身，把季曉的空杯放進托盤的同時，小聲斥責著他：「叫我梨子！別叫我本名。沒有免費續杯喔，要半價。」

「我知道，我有卡啦。」

秦梨瞪著那張萬惡的魔法小卡，「到時你還不了卡債我可沒錢借你喔。」

「放心啦，快幫我續杯吧。」季曉連自己能不能活過今天都不知道了，卡債對他來說根本不算什麼了。

晚間十點半，季曉晃著手中喝完的空杯，明明坐在秦梨負責的區域，他卻有好一段時間沒見到秦梨了。

季曉只好鎖定客人們的動向，一發現隔壁桌有男客人起身往某個方向前進，他也立刻跟了過去。

自從幼稚園畢業後就沒再跟人一起約上廁所了，季曉決定厚臉皮地以不失禮貌的距離跟著陌生人一起進到男廁。都怪自己喝雪碧喝得太快樂，喝了五杯想跑廁所，又怕獨處會讓兇手有機可乘。

只要能活著，自尊心根本算不了什麼！

這麼想的同時，季曉也解脫了，洗淨雙手，並默默從鏡中觀察進廁所的客人。季曉連回程都不想一個人走，畢竟要走回座位區得經過那條狹窄的走道，那條長廊似乎有個能通往廚房的推門，搞不好兇手就等在廚房準備要幹掉他呢。

明明依照故事走向，兇手應該要按照故事劇情出現在宿舍，然而他上次卻在飯店客房被殺死。季曉不作他想，認為「自己該被殺死」是這部作品的優先條件，所以兇手才會出現在他所處的地方。

那位男客人在季曉思索的同時，已經洗完手準備離開，季曉也跟著出去。

當季曉經過通往廚房的門口正要走回座位時，眼前的一切突然變暗，季曉沒跟著前面的男客人走回去，貼著牆面仔細聆聽外頭傳來的尖叫聲。那慘烈的程度不像只是被忽然停電嚇到的聲音。

不會吧，兇手居然追到這間餐廳。

季曉有了先前的經驗，知道呆滯的時間越久越會讓自己深陷危機，他轉為推開身旁的門，進到還有些許火光的廚房裡。

眼前有數名廚師，季曉看到有三人以上的數量，稍微鬆了口氣。

然而，一陣風忽然吹向季曉，刀具接二連三落地，黑暗中感受到的寒意與噪音加倍了季曉的恐懼。想起上次兇手闖入客房砍了他無數刀的畫面，他便害怕得將身體縮成一團，蹲在中島桌旁。

這時，窗框又被外頭的強風吹得發出駭人的聲響，腳步聲慢慢逼近，就在恐懼到達極限之時，有人拍了他的肩膀，季曉忍不住放聲叫了出來：「哇啊！救命啊！」順道揮了一拳過去。

季曉的拳頭紮實地打在對方的側臉上，不敢看自己又要怎麼死了，只敢閉眼亂揮。這種胡亂揮拳的下場，就是雙手被對方抓個正著。

「等等，你別激動。」

「混蛋王八蛋！救命啊——」

對方為了不讓他亂動，用全身的力量將他壓制在地上。

「冷靜點，我是陸毅鋒啊。」

季曉看清楚眼前的男人是有著一頭金髮和三白眼的陸毅鋒，不是那個全身包緊緊穿黑衣的兇手，讓他著實鬆了口氣，同時也對男人的現身感到吃驚。

「你、你怎麼會在這裡！」

「我也不曉得，醒來後就在這間餐廳了。」

陸毅鋒也跟他一起穿越進小說了嗎？為什麼？是那時候陸毅鋒也返回住處了嗎？

季曉抱著幾分疑惑問著陸毅鋒：「你知道這裡是哪裡嗎？」

「嗯，大概是跟現實平行的世界吧？」

季曉假想的大吵大鬧不可置信的情緒並沒有在陸毅鋒身上出現。「你一點也不驚訝嗎？」

「是有詭異的感覺，周圍的人都把我當作某人，而且很理所當然，我就在想可能是穿越到哪裡了，還是跟誰靈魂交換了。」

「你的適應能力未免也太好了吧！」

季曉思索接下來要如何介紹才不會讓陸毅鋒覺得自己是神經病。但不管怎麼想，穿越到小說裡都是一件很荒唐的事情，季曉決定不拐彎抹角地直說了：「如果我告訴你，這是一本小說，你跟我穿越進小說裡了，你還能冷靜嗎？」

陸毅鋒果然有些驚訝了，但程度也只是小小的驚訝而已。「這就說得通了，這是我第二次度過這個晚上了。」

季曉有很多話想對陸毅鋒說，但他發現陸毅鋒仍壓在他的身上，於是挺起上身，以為陸毅鋒也會順勢離開他身上，未料對方只是盯著他逼近的臉，沒有任何反應。

「我說你啊……先讓我起來吧。」

「啊，抱歉。」

季曉盤坐在地上，與陸毅鋒分享這段時間發生的事情：「這部作品是我父親的遺作，我扮演了書中第一個被殺的砲灰，目前已經被殺了一次。死後我回到幾小時前的過去，跟你一樣重複過了這天晚上。」

季曉並沒有把自己在現實也被追殺的事情告訴陸毅鋒，他對於陸毅鋒出現在這裡，以及異常冷靜的態度抱持很大的疑惑。

畢竟這是季曉的父親所寫的小說，季曉沒有花太多時間去抵抗穿越這件事，然而陸毅鋒卻全盤接受了。要不是陸毅鋒的性格就是逆來順受型，不然就是陸毅鋒知道些什麼吧？

當季曉有了一絲這樣的想法時，陸毅鋒忽然伸手摸向他的頭，輕語著：「你一定很不安吧，成為這部作品的被害者。」

陸毅鋒把季曉當小孩那樣安撫著，即使季曉想逞強，陸毅鋒的掌心所傳來的溫度卻讓他意識到自己被不安與恐懼所籠罩，在不清楚任何狀況下被追殺的這份委屈感，讓他的雙眼變得炙熱想哭，甚至懷疑起身邊的陸毅鋒。

為了掩飾自己哭點很低的這件事，季曉垂頭低語著：「嗯，所以我想要改變這個角色的命運，我想活到下一個章節。重生後我選擇了不同的路線……」

季曉把重生後發生的事情全告訴了陸毅鋒，陸毅鋒則邊聽著季曉的話，邊觀察外頭的動靜。

等到恢復電力，餐廳傳來了更慘烈的叫聲，陸毅鋒擔心季曉會害怕，起身的同時也拉住季曉，走在前面領著季曉返回座位區。

一路上，季曉聽到有人提起「報警」和「叫救護車」，認為走回去可能又會深陷危險，正要叫住陸毅鋒時，赫然發現陸毅鋒身上有血漬。

這讓季曉趕緊抽手，停在原地。

「怎麼了？不去看看情況嗎？」陸毅鋒問著。

但季曉沒辦法馬上回答，因為仔細想想，當初陸毅鋒離開父親住處後，就有個和陸毅鋒身形相似的男人來家裡殺他。

如果陸毅鋒就是那個男人呢？只要換裝、戴假髮再把臉蒙住不就行了？假使餐廳出現的被害者也是陸毅鋒殺的，然後陸毅鋒摸黑躲進廚房，正好被他碰見呢？

或許因為方才那裡有廚師，陸毅鋒不好對他下手，搞不好再過不久，自己又要被殺了？

季曉因為先入為主地覺得陸毅鋒釋出善意，只收打掃費用還免費替他搬家，甚至要幫他買便當，就認定陸毅鋒是個好人。倘若陸毅鋒所做的一切其實全是為了殺他呢？

這些想法在短時間內湧進季曉的腦海中，他無法馬上做出理智的判斷，「抱歉，你先去看，我想留在這裡一會兒。」現在的季曉只想跟陸毅鋒保持距離，讓腦袋冷靜下來。

「嗯，那你一個人要小心點。」

等到季曉的視線範圍內已不再有陸毅鋒的身影，他便躲在人群後方，觀察座位區的動靜。

此時，客人們正圍在某處，季曉從人群中先是看見穿著直排輪的細長雙腿，目光慢慢地往上身挪去，就見一名女子趴在木製圓桌上，背部還被數把小刀狠狠地刺穿。

季曉嚇得往後退去，雖然是趴著，但那個及肩的短髮和熟悉的三角型耳飾……被殺的人竟然是秦梨！

記得這部作品中的秦梨並沒有死亡，為何兇手會殺害秦梨？

該不會是他投靠了秦梨，兇手找不到他所以另尋目標？

正當季曉努力思索究竟是哪個環節出錯時，廚房傳來了爆炸聲響，刺鼻的煙味往四處蔓延。

隨後，廚房又接連冒出火光，客人們開始往外逃竄。

一想到兇手也許還留在案發現場找他，季曉也趁亂逃出了美式餐廳。

季曉一路奔到美式餐廳附近的公車站，混入等車的人群之中，腦袋裡不斷浮現出方才看見的畫面。

季曉痛苦地扯著頭髮，回想秦梨的背上有好幾把刀，其餘還有什麼嗎？季曉只能確定，自己有一段時間沒見到秦梨，也許那時候秦梨已經在某處被殺害了，停電時兇手再把秦梨放到空桌上？兇手一直都在現場嗎？

季曉壓抑住不斷顫抖的手，好讓自己能從手機中找到那個人的電話，並按下通話鍵。對方第一通沒接，第二通也沒接，第三通終於接起電話。

「你幹嘛啦，我在看電影啊……」

「阿玖，今晚可不可以陪我？」

「欸，今晚是我女友的生日耶，你知道自己在說什麼嗎？」

「拜託，我現在唯一能依靠的人就是你了。」季曉害怕地雙手都捧住手機，彷彿這是他最後一個希望般，不想讓機會溜走。

電話的另一頭好一段時間沒人說話，只聽見電影中的尖叫聲，阿玖似乎帶女友去看驚悚片。

當公車亭只剩下季曉與一名路人時，他又趕緊起身往前走，想去人多的地方。如果不這麼做，兇手很快就會找到他了。

「我十二點左右才會到家，要我去找你嗎？」

「我會在你家附近的超商等。」季曉說。

「嗯，抱歉啊，不能馬上去找你，等我幫女友慶生完就回家。」

「這樣就夠了，謝謝你，阿玖。」

季曉知道自己今晚不用一個人睡，安心地又走回公車亭，搭上能前往阿玖住處的公車。

雖然父親撰寫時並不會詳細描述要如何前往阿玖的家，但季曉卻知道阿玖家要怎麼去，大概是這個角色所擁有的記憶吧。季曉感嘆在閱讀此作時只覺得這角色是個砲灰，實際體驗了他的生活才明白，根本就是活在恐懼之中的可憐男孩。

季曉拉著公車環站在後門附近，即使有空位，他也只是站著，靜靜地思索短時間內所發生的事。

想到晚餐時間還在送餐的秦梨，如今卻遇害了。

即使躲過死劫，季曉的心裡卻滿是愧疚。

阿玖雖然被季曉打擾了與女友甜蜜的時光，但他沒有責怪季曉。

畢竟眼前的季曉什麼話也不說，只是抱膝坐在雙人座沙發上。季曉的沉默令周圍的空氣變得凝重，阿玖不免嚥了口口水，決定什麼也不問，從廚房端了杯三合一咖啡想給季曉喝。

「我先去換掉外出服洗個澡喔。」阿玖將咖啡遞給季曉。

香氣四溢的咖啡味讓季曉回過神，挪動目光，檢視著上鎖的住處大門與閉合的窗戶。只要不開門兇手就進不來，思及此，他才有力氣拿取這杯咖啡，目送阿玖走進臥室。

季曉又盯向那扇住處大門，兇手應該沒有超能力可以憑空把鍍鋅鋼板挖個洞吧？要是真的可以憑空開門，那也許還能瞬間移動，搞不好頭上還有天線可以隨時感應到他身處何方。如果真是這樣，他根本沒有勝算，也不會有機會待在阿玖的住處，喝這杯暖心的咖啡了，對吧？

確認兇手應該不會使用超能力之後，季曉便卸下心防，仔細觀察阿玖的租屋處。阿玖利用了本身的室內設計專長，將住處打造成別具特色的工業風裝潢。

書中角色的記憶慢慢回歸到季曉的腦海裡。因為他們所就讀的學校位於市中心，以同樣的租金來說，學校附近只能租到沒有對外窗的雅房，離學校有半小時車程的地方卻能租到整層住處。對於重視生活品質的阿玖而言，他斷然選擇了後者。

當時，季曉所扮演的這個角色、秦梨還有一些高中同學為了慶祝阿玖搬新家，送阿玖一台環繞音響，還在這裡過夜玩電動煮火鍋。

雖然這些都是季曉所扮演的角色經歷過的事情，但礙於篇章有限，父親並沒有將這段過去寫成正文，大概是放在角色設定時所附註的文字內容裡吧？

季曉努力回想這些，阿玖趁大家都睡著時向秦梨告白，被秦梨狠狠地拒絕了。為什麼季曉會知道呢？因為這個角色原本想去上廁所，途中就撞見了阿玖向秦梨告白的場面。

如果阿玖知道秦梨已經死了，肯定會揍他怎麼沒有第一時間告知他，或是怎麼沒有陪秦梨走最後一段路。

可是，一想到兇手也許還在案發現場，季曉一刻都不想留在餐廳裡。

「看個電視吧，放輕鬆點。」阿玖要進去浴室之前，再度走回客廳，替季曉打開電視。

新聞播報的聲音打破了會讓人胡思亂想的沉默氛圍，季曉盯著天氣預報，底下有則跑馬燈快訊：美式餐廳大火，服務生身中數刀傷重不治，警方封鎖現場調查中。

調閱監視器，警方肯定會發現他匆忙離開現場，到時應該會約談他做筆錄吧。

細想當時，他在拿到第五杯雪碧的時候，秦梨就消失好一陣子了。假使犯人先在後台殺了秦梨，趁停電再把秦梨搬到木桌，然後躲進廚房呢？

季曉很難忘記陸毅鋒身上的血漬，因為有了陸毅鋒是兇手的想法，所以他逃走了，連替秦梨報仇的勇氣都沒有。

手中的咖啡香味和秦梨端給季曉喝的雪碧味道相去甚遠，這對比讓季曉悲從中來。他把咖啡放到客廳桌上，又再度抱膝回到最初的姿勢。

秦梨，對不起……

等到阿玖洗好澡出來，季曉還維持同一個姿勢。

阿玖連頭髮都還沒吹乾，就坐到季曉身邊，似乎是擔憂季曉的狀況，不想季曉獨處太久，就在客廳吹頭髮。

轟轟的噪音下，季曉理當是無法聽見手機鈴聲，不過包包剛好就放在身邊，他感覺到手機在震動，他毅然拿起按下拒接來電，但手機又再次響起。

阿玖隱約也聽到了聲音，為了確定是否是手機鈴聲，他關掉吹風機，果真聽到季曉的手機響了。

「怎麼不接電話？」

「不知道是誰。」季曉已經拒接了，對方還是打了第二通電話。

「反正接電話又不會死。」

只是聽電話，的確不會死，目前還沒有透過電話把人殺死的案例。季曉被阿玖說服，接起這通陌生來電，但對方沒有發出聲音，季曉也不敢輕舉妄動，就這樣保持沉默。

「怎麼了？惡作劇電話嗎？」反倒是阿玖先說話了，他把季曉的手機搶了過來，正要臭罵對方一頓，對方卻切斷電話。

「搞什麼啊，一接就掛斷，肯定是詐騙電話吧？快封鎖！」阿玖把手機還給季曉，季曉也把這當作是惡作劇電話。

只不過季曉最初來到小說世界時，也有陌生電話來電，這回他記住了這支尾數579的電話號碼。

阿玖繼續把頭髮吹乾，吹好了就將吹風機的電源線整齊捲好，還拿起黏膠滾筒把地板全都黏乾淨。

季曉全程都在一旁觀察，不放過任何灰塵的阿玖，外表雖然粗獷，內心卻十分細膩。雖然最初對阿玖的第一印象不是很好，但這只是他先入為主的錯覺，阿玖其實是個好人。

似乎是察覺到季曉的視線，阿玖順勢說著：「今晚你睡我房間吧，我睡沙發。」

「我想跟你一起睡。」

季曉不相信兩個成年男人會輸給一個兇手，但阿玖似乎會錯意，以為這句話意有所指。

「我從以前就有點懷疑了，你是不是……有點……喜歡我。」阿玖與季曉四目相交，嘴角賊笑了一下，這模樣不禁讓季曉有些寒意。

「少臭美了，誰喜歡你啊。」

「你高中的時候不是有交往對象嗎？我問你到幾壘你跟我說連親都沒有，我就在想你是不是對女生沒興趣。」

季曉瞅著這麼說的阿玖問：「我在這裡也是這樣嗎？」

「什麼這裡那裡的？你不是說很崇拜學姐想跟她交往嗎？實際交往了什麼也沒做，到底是不是男人啊！」阿玖把黏筒上的黏膠撕乾淨丟掉，心裡也舒暢許多，就坐回季曉身邊，搭著季曉的肩膀，「就算你喜歡同性，我也不會排擠你啦。」

季曉無語地睨著阿玖，因為他為了逃避死亡選擇了不同的路線，目前所發展的劇情都不在父親所著作的文字中，季曉不確定自己所扮演的角色該說些什麼，唯一確信的是——父親把他的經歷放在這個角色身上。

季曉沉默著，阿玖就當季曉默認了，把他的肩膀摟得更緊，「要我介紹口袋名單給你嗎？」

「你該不會也把我當成口袋名單介紹給別人吧？」

「季曉嘛，長得清秀也可愛可愛的，我目前是捨不得介紹給別人啦，不過要是你跟我吵架，我就考慮把你當作備用名單交給我實習的室內設計事務所，那裡有位帥哥設計師很喜歡你這型的喔。」

阿玖說完，立刻被季曉揍了一拳，雖然力道不大，但阿玖還是被推到一邊去，「我是因為有害怕的東西才跟你睡啦。」

「怎麼，你看到鬼了？」

「是比鬼還可怕的東西！」

季曉把電視關了，在他心裡，人一直都比鬼還可怕。

今晚，季曉就和阿玖擠在床上。希望今天好好睡一覺，明早再親自告訴阿玖，秦梨已經死的事實。

莫名被追殺，讓原先就因為處理父親過世的事情忙得焦頭爛額的季曉身心更為疲憊。這天晚上，季曉可說是一覺睡到天亮，但他不斷做著夢。夢裡，有很多人幫他慶生，連許久不見的父親也在裡頭。

父親捧著插上「10」歲蠟燭的生日蛋糕，對他說著：「生日快樂！」

原以為每年都能像十歲那年有家人替他慶生，稀鬆平常的事情卻在某一刻崩壞了。到底是哪裡出錯？如果修正那個錯誤，命運的齒輪會歸回原位嗎？

但夢裡的季曉並沒有太多難過的情緒，他沉浸在歡樂的氣氛之中，很久沒見到母親開懷大笑了，周圍還有很多朋友替他慶生，而坐在他身邊的小男孩並不像其他人那樣奮力唱歌鼓掌，那個人沉默地瞪著蛋糕。

他是誰？

當季曉想看清楚對方的臉時，對方的臉卻突然變黑。
倏地，季曉快吸不到空氣，窒息感迫使他從夢中驚醒。
視野範圍內，那名身著全身黑衣，戴著黑色口罩與黑色鴨舌帽的兇手正掐著他的脖子。
季曉想向身旁的阿玖求救，挪動眼珠的同時，他發現阿玖的上身被繩子綑綁，吊掛在天花板上，那雙眼直直盯著前方，頸部有很深的勒痕。而昨晚捲好電源線的吹風機，此時線已扭曲變形，機身也損毀，散落在一旁。
阿玖什麼時候被殺死的？如果阿玖有大喊或掙扎，他應該會被吵醒才對，為什麼他沒醒！
掐著他的男人冷不防地說了一句：「安眠藥真是個好東西。」
這是季曉第一次在小說裡聽見兇手的聲音，這瞬間讓他意識到自己不能白白送死。他要利用與兇手最接近的此刻，得到兇手的一些情報！季曉用僅剩的力氣，握住兇手的手腕，想將那雙手給拉開，缺氧已久的他以為自己做不到，但兇手有意放水，讓他能稍微說點話。
「……我們……認識嗎？」
季曉聽著兇手說出：「何止認識！」就見兇手抵著他的頸部，另一手抽出小刀，那銳利的刀鋒朝他的喉部用力一割！

第三章　不受歡迎 VS. 受歡迎

季曉奮力睜開雙眼，明白自己又回到大學附設的木工廠裡。

有了先前重生的經驗，季曉搶在秦梨準備要提醒他之前說話：「我知道鎖門，知道宿舍沒熱水，不用擔心我今天洗不洗澡。秦梨趕快去打工，阿玖趕快去跟女友約會，你們不要理我，各忙各的，就地解散！」

季曉迅速原地拍手解散，這讓秦梨和阿玖面面相覷了一會兒。既然季曉都這麼說了，兩人就揹著隨身包離開木工廠，準備各自的行程。

秦梨走出大門時，用力推了一把阿玖，責怪阿玖有異性沒人性，居然把作業留給季曉一人完成，季曉則繼續觀察他們打鬧的模樣，上一回秦梨與阿玖被殺死的畫面交錯浮現在季曉的眼前，使他難受地皺緊眉頭，摸著彷彿還在發疼的頸部。

季曉慶幸自己還能重返到這個時間點，至少不該死掉的角色還活著。只是這次，他不想再連累秦梨和阿玖了，所以在復活當下立刻把兩人送離自己身邊。

季曉不清楚自己還能復活幾次，但起碼明白了如果自己還會死，絕不能再浪費與兇手最接近的機會，要得到一些兇手的情報。

「……何止認識。」

憶起兇手的回答，季曉目前還不知道自己所扮演的角色與犯人是什麼關係，但從中得到另一個情報是——犯人的聲音偏細且較為輕柔，與陸毅鋒低沉渾厚的聲音截然不同。

若用音質來判斷，感覺是不同人的聲音，但這只是季曉的個人感覺，沒能百分之百證明兇手不是陸毅鋒。季曉想洗刷掉陸毅鋒在自己心裡的嫌疑，這回決定要與陸毅鋒形影不離，來判斷陸毅鋒是不是兇手。

思及至此，季曉趕緊鎖上木工廠的大門，離開學校。

萬不得已，季曉還是悄悄來到秦梨打工的美式餐廳。雖然擔心自己出現在美式餐廳會連累到秦梨，但就目前的經驗看來，要遇見陸毅鋒，還是得前往美式餐廳的廚房碰碰運氣了。

季曉邊走進餐廳邊扯著脖子上的金屬項鍊，以為這輩子絕不可能配戴這種鎖鏈造型的粗大項鍊，以及穿上有老虎、白鶴刺繡的黑色運動外套，但為了不讓秦梨發現他的身分，進而又來到他的身邊而陷入危機，在離開學校之後，季曉就到附近的夜市購入了與自己形象不符的服飾，喬裝成別人，壓低帽簷走向不是秦梨負責的座位區。

只要找到陸毅鋒，就立刻把對方帶離餐廳。有了這樣的想法，季曉就向服務生點了和之前不一樣的飲料——美式咖啡，一邊品嚐苦澀的味道，一邊觀察四周的狀況。

季曉看過秦梨悽慘的死狀，如今出現在遠處的秦梨正溜著直排輪，動作俐落地送著餐點，面向客人時還展露出燦爛的笑容，這些畫面都讓季曉感到欣慰。

如果這是發生在現實，根本不可能回到過去，人也不能復活。季曉確信自己所處的世界是虛擬的，是他的父親——季震所創造的小說世界。

要返回現實世界，他就不能死在這個故事裡，要改變自己身為砲灰的命運。

於是，季曉在座位上待了一陣子，等到秦梨返回休息室，自己也小心翼翼地跟上。季曉曾走過這條狹窄的長廊，他知道走道入口右手邊是員工休息室，走一段路，左手邊是廚房，盡頭則是供客人使用的廁所。

季曉深怕秦梨會在後台遇害，在經過緊閉的休息室門口時，稍微留意了裡頭的聲音，此刻的秦梨正與其他女服務生聊天，聲音至少有三人，這讓季曉稍稍放心了，繼續朝自己的目標前進。

他假裝迷路，推開廚房的大門，擺設ㄇ字形廚具與中島料理桌的寬敞廚房內有數名正在準備餐點的廚師，季曉用金髮特徵快速搜尋陸毅鋒的身影，然而裡頭清一色都是黑髮的角色。因為廚房不是重點，父親大概沒有著墨美式餐廳的細節設定，所以每一位廚師都和他家附近的義大利麵餐館的老闆長相相似。

「請問有什麼事嗎？」

靠近門口的廚師發現了季曉，季曉趕緊壓低頭，說著：「抱歉，我走錯路了。」

他快步離開，途中發現秦梨也正從休息室走往餐廳前台，他又趕緊拉低帽簷，回到自己的座位。

當初的計畫是找到陸毅鋒，就要帶著陸毅鋒趕緊離開茱蒂露露，可是結果不如預期。季曉又擔心兇手會傷害秦梨，就再叫一杯美式咖啡，緊盯著與客人玩呼拉圈的秦梨。

明明應該要思考去哪裡才能碰上陸毅鋒，但季曉看著秦梨，就想起阿玖曾向秦梨告白，間接又想起了阿玖曾跟他說過的話。

「你高中的時候不是有交往對象嗎？」

現實中的季曉，在高中時期擔任環保股長。某天下著毛毛雨的放學時間，他到垃圾集中區分類回收物，一直記得天雨路滑的他還是在返回教室時不慎摔了一跤，整個人趴在充滿臭味的泥濘上。

那時候，學姐正好從旁邊經過，目睹了他最悽慘的模樣。

之後不知為何，只要他去丟回收時都會碰上學姐，兩人也會閒聊幾句。季曉承認自己在高中時期籃球打得還好，跑步速度中等，排球技術也普普，沒有出眾的口才，就只是考試維持在前三名，從不遲到請假而已。學姐卻在他生日那天寫了張卡片給他，問他要不要試著交往看看。

難不成自己出糗的模樣成了別人一見鍾情的畫面？季曉實在不敢相信會收到學姐的告白信，在朋友的鼓吹之下，就和學姐交往了。

然而季曉從不主動，也對肢體碰觸不感興趣，這對於深受眾人喜愛，彷彿被人捧在手心上的學姐來說，無疑是一種打擊。

「**季曉，你喜歡的人真的是我嗎？**」季曉的耳邊還留有學姐當時問他的聲音和語氣。

季曉不希望別人對他失望，但是，當下他沒能立刻回答學姐的問題，那時的沉默肯定讓學姐失望了吧。

在兩人交往不到一個月的時間，學姐便主動提出分手。朋友們都安慰季曉別難過，季曉也認為將來會找到喜歡的人。然而日子一溜煙就過了，今年二十六歲的他沒有再跟任何女生交往，也沒有喜歡的男性，對任何人都沒有心動的感覺。

偶爾，季曉會想起學姐問他的話。

自己到底喜歡的人是誰？這輩子會有讓他主動付出也不求回報的人存在嗎？

不過戀愛這種事，只存在於滿足生理與安全層次的人身上，對於現在隨時都有可能被殺的季曉來說，這顯然是過於奢侈的煩惱。

而這些事情季曉從未跟父親說過，正確來說，父親在他升上高中前就離開家裡了，他根本沒有機會和父親討論戀愛的煩惱，但書中卻有類似的設定。季曉不禁想著，父親是不是有默默關注他的生活呢？會有這種可能嗎？

當季曉想著這些的時候，美式餐廳的團康遊戲也結束了。場內的燈緩緩暗去，接著，是一陣尖叫聲。在季曉以為是否又要發生命案時，那歡呼卻帶著無比期待的興奮感。

上回來到美式餐廳時根本沒見到樂團的身影，現在卻有樂團登台表演？季曉認為故事的路線有了變化，而他也知道即將登場的角色，是在父親作品裡深受讀者喜愛的人氣角色——年輕樂團吉他手。

吉他手不光只是擁有帥氣的外表，還屢次從危機中拯救主要角色，雖然外表叛逆不良，內心卻纖細紳士，會音樂還會空手道，動靜皆宜，堪稱是外掛的角色。吉他手的現身便是讀者的綠洲，季曉一直很期待文字真人化後會有多帥。

實際出現在季曉眼前的那名男人肩揹紅色吉他，身著黑色皮衣外套、破洞牛仔褲，灰色的內襯上衣則有用手撕出的狂野感領口，頸部還戴著鉚釘頸圈，加上那頭往外抓翹的金色頭髮與身上一堆金飾，在季曉眼裡總之就是很叛逆又很受歡迎的吉他手登上舞台，看上去還挺面熟的。

此時，餐廳裡清一色都是女孩的歡呼聲，季曉卻越看越生氣。

吉他手居然是陸毅鋒!?

季曉把美式咖啡當雪碧那般猛吸，心裡不是滋味地緊盯著在舞台上瀟灑撥弦的陸毅鋒。

憑什麼陸毅鋒成為小說裡最受歡迎的吉他手，自己卻成了第一個被殺的砲灰？而且截至目前為止的連載，吉他手都還活著，只要有吉他手登場的章節，讀者按愛心和留言的數量都最多！

不過也多虧了陸毅鋒站在那麼顯眼的地方，只要等到表演結束，季曉就可以不費吹灰之力與他會合了。

季曉在表演結束前是這麼想的，誰知道演出一結束，餐廳後台就被觀眾擠得水泄不通。顯然，今晚的女性顧客都是衝著這個樂團來店裡消費。

「不好意思，可以借過一下嗎？我要找人。」

待在這裡的客人全是想一睹成員風采的粉絲，怎麼可能讓路給他走呢？季曉也明白這麼說是殺不出一條血路的，只好乖乖待在臨時被當作簽名會場的員工休息室外頭。

等到觀眾們拿到簽名合照心滿意足散會的時候，季曉終於能移動到休息室了，恰巧，陸毅鋒也急忙走出來，兩人總算是碰上面。

季曉深怕繼續留在美式餐廳會對秦梨不利，立刻領著陸毅鋒從餐廳後門離開此處。

只是季曉沒想到餐廳的後巷明明都畫了紅線，上頭還違停了不少轎車與箱式貨車，就在他艱難地閃過通行中的機車時，陸毅鋒對他說著：「這一天又重來了，我就在想你是不是……被殺了？」

季曉收起了被擁擠環境搞到煩躁的情緒，「嗯，我投靠的兩位朋友都被殺了，沒想到兇手會濫殺無辜。」

季曉當初為了躲避被追殺的命運，反而連累了秦梨和阿玖。這回，他帶著陸毅鋒遠離美式餐廳，走在小說世界的虛擬街道上。

來往車燈閃過並肩且沉默的兩人，迎面而來的風夾帶著入夜後氣溫驟降的寒意，季曉冷得縮了縮肩膀，慶幸自己身上還有這件橫須賀風的外套。他偷瞄向身旁正對著夜空吐息的陸毅鋒，對方身上也有禦寒的皮外套，至少還能抵禦小說世界中的日夜溫差變化。

如果當初拒絕了陸毅鋒的應徵，或許穿越到這本小說裡的就是別人了，也或許只剩下他來到這裡。

為什麼呢？季曉覺得如果換作是別人，自己就不會在深夜時間走在那個人身邊，心裡也不會萌起想要與對方討論今後要如何活下去的計畫。

似乎是察覺到季曉的目光，陸毅鋒轉過頭。此刻，昏黃的街燈正籠罩著陸毅鋒那挺拔的身姿，金髮下那對眼尾上揚的雙眼正凝視著季曉。

之前因為事發突然，季曉根本沒能觀察這張映著燈光的側臉，實際仔細打量了陸毅鋒的五官，他不禁感嘆，果然要有劍眉星目般的外表才能勝任本書最受歡迎的角色吧。

陸毅鋒不解季曉怎麼只盯著他，什麼話也不說。但陸毅鋒也不催促他說話，只是沉默地走在他身邊。

陸毅鋒給季曉一種似曾相識的感覺，或許就因為這股熟悉感，讓他由衷希望陸毅鋒不是兇手。

就在季曉沉思著自己到底在哪裡看過陸毅鋒時，肚皮發出了「咕嚕——」的聲音。

季曉想弄清楚似曾相識感到底從何而來，身體又連續發出了好幾次「咕嚕——」的飢餓聲響。

陸毅鋒就在十字路口處停下腳步，盯著對街招牌還亮燈的速食店，「不如我們先去那裡吃點什麼，順便討論接下來要怎麼活下去吧。」

「嗯，就這麼辦吧。」季曉說完，肚子又發出了飢餓的聲音。

季曉和陸毅鋒端著裝有餐點的托盤，緩步走往速食店地下室的座位區。

二十四小時營業的速食店內仍有不少夜遊的年輕客人留於此地，越是吵鬧的交談聲越讓季曉感到安心，於是，他找了靠近中央的空位入座。

季曉已經在等餐期間向陸毅鋒說明了上一回被殺的過程，也許是說明這些又讓他耗了些體力，當他坐下來的時候，感覺到自己已經餓到了極限。

季曉正準備大快朵頤時，手就被陸毅鋒拉了過去，手中的薯條被陸毅鋒搶先咬了一口。

「……你這麼餓嗎？」季曉看著陸毅鋒都點了大份薯條，還來吃他的中薯！

「搞不好兇手化身成速食店店員，在你的餐點下毒？」

「咦？我倒沒想過會有這種死法。」季曉注視著吃下薯條的陸毅鋒，總之先向對方點頭道謝。

「按照你的說法，兇手會現身在各種你可能會出現的地方，任何細節都不能放過。」說完，陸毅鋒又咬了一口季曉點的嫩煎雞腿堡，確定沒有問題，再把漢堡還給季曉。

季曉沒想到陸毅鋒會如此為他著想，上一回被割破喉嚨的委屈感湧上了心頭，但那不值錢的自尊心又把那滴差點要從眼角溢出的眼淚擠了回去。

「當初你會從美式餐廳逃走，是不是因為……你認為我很可疑？」陸毅鋒邊拆開漢堡包裝紙邊說著話，語氣相當平淡，聽起來並沒有責怪季曉的意思，但季曉認為既然重生之後要和陸毅鋒成為同伴，就得把話攤開來說清楚，以免日後產生不必要的誤會。

「我看到你身上有血，出現的地點和時間又和秦梨被殺的時間重疊，不免懷疑你了，抱歉。」季曉放下手中的漢堡，坐著向陸毅鋒鞠躬。

「那我是怎麼被你洗刷罪名的？」

「我跟兇手對話了，那聲音不像你。」

「也許用變聲器？也許裝聲音？」陸毅鋒說。

「我也想過這點。但與其胡思亂想，不如直接跟你組隊吧，要是我最後被你殺了，只能說我毫無判斷能力。」

「所以我在你心裡還有嫌疑的成分存在嗎？嗯……這也沒辦法，深陷危機的時候，任何人都會失去判斷能力，所以你懷疑我很正常。應該說，我還希望你懷疑我，別太信任別人。」陸毅鋒說完，咬了一大口漢堡，立刻驚喜地睜大雙眼，似乎是被沒吃過的新口味驚豔到了。

季曉覺得陸毅鋒的表情突然變得像小孩一樣，也卸下心防開始享用自己的漢堡。

「對了，為何你這次有上台表演？上次沒有？」

季曉提到這個問題，陸毅鋒的眉間就皺在一起，似乎對此十分苦惱。

「剛穿越進來很多陌生人都喊我的名字，好像跟我很熟但我根本不知道他們是誰，那些人還要推我上台表演，我當下急了，直接揮拳抵抗，就和對方打了起來。想從後門逃跑卻誤闖進廚房，過沒幾分鐘就停電，你就進來了。」

所以那時候陸毅鋒身上的血漬，是跟別人打架噴到的血嗎？都打到流血了怎麼沒人叫救護車？

季曉思忖後繼續問：「這次你就選擇登台囉？」

「嗯，我猜想你應該遇害了，這次就選擇不同路線看看會不會有所變化。」

「我也是，上次點雪碧，這次點咖啡。」季曉晃了晃手中的咖啡，只是盯著晃動的咖啡水面，不急著喝它。

「感覺你就是會在速食店點咖啡喝的人。」陸毅鋒邊說邊吃著雞塊。

「你的感覺還真準，我的確很常這麼做。只要一杯咖啡就可以在速食店坐很久了。」

季曉盯著吃第三塊雞塊的陸毅鋒，自己身為雇主，是不是該請陸毅鋒吃呢？要在什麼時機點給陸毅鋒錢呢？

也許是季曉看得太久，陸毅鋒就把手中沾好醬料的雞塊遞給了他，「要吃嗎？」

季曉因為在想別的事情，就順勢張開嘴，陸毅鋒還真的餵他吃了手中的雞塊。

活到二十六歲，這還是第一次被人餵食！季曉為了消除害臊感，馬上拉回正題。

「我在想今晚要去哪裡睡，最安全的地方就是『那裡』了。就算兇手想殺我，也沒膽在『那個地方』殺了我吧？」

「但是我們有什麼理由可以待在『那裡』？」陸毅鋒說完，季曉就擺出一臉得意的樣子，看來季曉已經有計畫了。

和待在速食店露出的得意神情完全不同，此時的季曉臉上多了一塊瘀青，嘴角也破皮流血，皮肉之痛令處在派出所不肯走的季曉用力扯住陸毅鋒的衣領，這喧鬧的行為立刻被年輕員警制止下來。

季曉原先計畫要製造一些紛爭進派出所然後就賴著不走，誰知道陸毅鋒動真格，一拳差點就把他打暈過去。而且即便他立刻反擊，陸毅鋒的身體就像石頭一樣硬，揮擊在對方身上，痛得卻是自己的拳頭。

會彈吉他又練過空手道，陸毅鋒跟扮演的吉他手還真像啊！心裡萌生的忌妒之火，讓季曉比平常更容易動怒，瞪著眼前以為季曉動怒也是在演戲的陸毅鋒。

兩人假裝無法和解地在派出所鬧了一陣子，但季曉知道這方法無法維持太久，員警每天工作幾乎都超過十小時已經夠累了，他也不想成為刁民，只好換個能留在派出所的說法。

「其實我被人跟蹤了……」

「你們不是打架鬧到這裡嗎？」

員警一點也不相信季曉的話，畢竟季曉來派出所鬧事，早就把自己的好感給敗光了。但季曉不放棄，繼續毫無感情地讀著計畫好的對白。

「我跟這傢伙說我被跟蹤，他不信，所以我才跟他打起來。」

「勸你們早點回家睡覺。」

「我說的是真的！那個人會拿電線勒死人，用數把刀殺人，搞不好他還會下毒給我吃，或是把我從高樓推下去！」

員警用懷疑的眼神看著彷彿有被害妄想症的季曉，並無奈地抽出一張受理案件證明單給季曉填寫，「總之你先報案吧。」

「你們要幾天才會受理？要是我今天就被殺怎麼辦？」

季曉也知道目前沒有實質被跟蹤以及有可能會被殺的證據，員警根本不會相信他，但他只能死賴著不走，否則又要像住在阿玖家的情況，不但被兇手闖入家中殺害，甚至連累到身邊的人。

「今晚能不能讓我們躲在派出所裡？」季曉向員警鞠躬，陸毅鋒也跟著彎腰。

員警們互看了一眼，正用眼神暗示要盡快打發掉季曉與陸毅鋒，就在此時，門外傳來了一陣沙啞的男人聲音。

「你們說被跟蹤，可以跟我詳細說明一下究竟發生了什麼事嗎？」

老員警一進派出所，員警們立刻向他敬禮。

季曉緩緩地挺起身，出現在他們面前的男人，外型完完全全就是季曉的父親——季震。

自季曉有記憶以來，季震就是一名寡言的父親。季曉認為父親是在小學講堂上把一天要說的話全說完了，回家就不說了。

而書中的老員警雖然頂著父親的外貌，卻比父親開朗親切許多。會萌生這樣的想法是出於季曉沒有和父親一起在廚房煮菜的經驗，然而現在，他與陸毅鋒初次來到員警的住處，就被對方邀請一起製作砂鍋魚頭。

即便兩人才剛吃飽飯，也因盛情難卻而進到廚房一起幫忙做宵夜。

「洋蔥幫我切細長狀。」

季曉沒想過名為「李世鎮」的員警會將洋蔥交給他處理，應該是說，他沒想到會有人想要他幫忙備料。他可是被研究室成員稱為能炸掉廚房的料理白痴。

雖然心裡是這麼想，季曉還是忍著被洋蔥嗆到想流淚的衝動，跟著李世鎮一起備料，

「這樣可以嗎？」

「再細一點。」

現在鰱魚頭拍好粉了，芋頭和肉片也切好了，李世鎮卻怎麼也找不到他要的醬料。

一直待在後方待機中的陸毅鋒曾做過這道料理，明白需要什麼醬料與食材，對著正從冰箱隔板裡翻找醬料的李世鎮說：「我去買吧，超商就有在賣沙茶醬了。」

「哎呀，真抱歉，你們明明是客人卻要你跑腿。還是我去好了，外頭不是有人要跟蹤追殺你們嗎？」

李世鎮的這句話讓陸毅鋒看向不怎麼會操作菜刀的季曉。

「我不會有事，就拜託您先看著季曉了。」語畢，陸毅鋒轉身要走，李世鎮趕緊從口袋裡掏出一千元鈔票和鑰匙，想將之遞給陸毅鋒。

「除了沙茶醬之外，你想買什麼就用這個去付吧。」

陸毅鋒看著遞出鈔票的手，他並沒有拿走鈔票，只是淺淺地微笑。

「你們還真像，都喜歡送鈔票給我。」陸毅鋒拍了拍正與洋蔥奮戰的季曉，「我先出去買沙茶醬，很快就回來。」

季曉光顧著要怎麼不讓菜刀切到手就消耗了所有的注意力，沒留意陸毅鋒說了些什麼。

季曉平常在研究室工作幾乎都是訂便當叫外賣，連假日在家，也因為難得能休息就懶得花時間煮菜，不是吃泡麵就是烤吐司之類的食物，凡是只要十分鐘之內能變出來的餐點他都很常吃，也因為廚藝從未進步過，研究室的同事時常戲稱他為「會炸掉整間廚房的男人」。

季曉以為這稱號過於誇張，然而此刻，他不斷在內心計算著要用什麼角度下油鍋，魚頭才不會把油濺出來。季曉那與冷靜外表不符的內心正在激烈的交戰中。難道他真的有可能把李世鎮的廚房炸掉？

「你去幫我切香菇和薑片，我來炸。」一旁的李世鎮察覺到季曉思緒紊亂的異樣，接手季曉的魚頭，熟練地將之下油鍋。

季曉好不容易鬆了口氣，準備要來切菜，李世鎮又將魚頭翻面，油花四濺的狀態讓季曉嚇得退後好幾步，這顯然不怎麼會煮菜的模樣讓李世鎮笑了。「抱歉啊，明明是要招待第一次來家裡玩的客人，我卻要你一起幫忙煮菜。」

季曉趕緊搖頭，雙手還一起揮舞著說：「不、不，是我廚藝太差。抱歉，一點都幫不上忙。」

季曉盯著油鍋裡被炸得酥脆的魚頭，火焰與油炸的聲響讓季曉想起了美式餐廳失火的畫面。稍微鬆口氣的心情，再度回到被追殺的現實。

「那現在，你可以告訴我，目前為止發生了什麼事嗎？」李世鎮一邊把炸好的魚頭撈到旁邊瀝乾，一邊以閒聊的口吻問起在季曉心裡掀起漣漪的事情。

明知道李世鎮只是父親著作時把自己帶入的一個角色而已，季曉卻不由得把對方想成父親，將穿越到小說所發生的事情鉅細靡遺地告訴了李世鎮。

當然，季曉並沒有把這個世界其實是杜撰小說的事實告訴李世鎮，只說了他被殺之後又回到過去的時間點，如今已經被殺了兩次。

即便李世鎮有著超過三十年的警察資歷，見慣了各種光怪陸離的事情，也難以置信人能死而復活。李世鎮大可跟派出所的那些年輕員警一樣把這些當成惡作劇的玩笑話，可接下來季曉說的話，卻讓他繃緊神經。

「兇手第二次是用勒頸讓我缺氧致死，因為那時候我死了，不知道後續他有沒有對我做什麼，但對於我的朋友……一個是背上被插了好幾把刀，大概超過七把以上，但當時我嚇死了沒有記得很清楚。另一人則是頸部有勒痕，被捆綁吊掛在天花板，周圍很凌亂，感覺像在擺設什麼畫面……」

季曉對案發現場的描述讓李世鎮想起十六年前的一起懸案。兇手已經毒殺了被害者，在被害者死後仍大費周章擺設，像在創作一個舞台畫面。

沒想到十六年後，李世鎮再度碰上了類似的手法，但光聽轉述是無法確認犯案手法是否有相似性，而且已經十六年了，說不定只是個巧合。

「您如果不相信也沒辦法，一般人或許不會相信，但我和陸毅鋒都能保證這是千真萬確發生的事情，那個人目前雖然還沒殺人，但之前已經殺過我幾次了，我是說……如果你相信我會重生的話，我已經死了兩次。做案手法就如我剛剛所說……」季曉越說越小聲，李世鎮若有所思地看著他，這讓他越來越沒有自信能說服一名資歷豐富的員警。

李世鎮將火關掉，真誠地看著季曉說：「雖然人死復生這種事很荒謬，但就像『你相信這世界上有鬼嗎？』這種問題，我寧可信其有。一旦相信你的說法，那麼很顯然兇手知道你的所在位置。等你們吃完宵夜，就在我這邊休息吧。今晚我還有公事要處理，有我守著，不用擔心兇手會突然闖進來行兇。」

季曉向李世鎮禮貌地鞠躬，沒想到李世鎮會選擇相信他的說法。「謝謝您，不好意思，第一次見面就到府上借住。」

「別客氣，我很開心你們能住下來。自從我兒子離開後，這個家已經很久沒有這麼熱鬧了。」

從擁有父親面容的李世鎮口中說出了他以外的「兒子」，這令季曉感到好奇，想知道那位「兒子」是怎樣的人。

「是搬出去住了嗎？」

李世鎮沉默地將煎好的扁魚拿到果汁機攪碎，不管是曬乾的魚肉還是魚刺，都被攪得細碎。

「嗯，說起來慚愧，和我老婆離婚之後，他就沒來過這裡了。」

白天有著陰雨連綿帶來的溼熱感，到了夜晚卻因季風增強而變得寒冷，即使日夜溫差多於十度，從熱炒店走出來的數名男女仍因為吃了頓免費又好吃的宵夜，而沒有被驟降的溫度影響好心情。

這群年輕人是在王家禎所經營的燒肉店工作的員工。開業不到一年的燒肉店因為客人們的口耳相傳，讓近期的業績漸入佳境，身為老闆的王家禎便選在自己生日的這天犒賞員工，請大家喝酒吃宵夜。

既然老闆說要請客，員工們便不客氣地瘋狂叫餐點酒，以至於最後除了王家禎以外，沒有一個人能好好地站直走路，大家彷彿都想趁生日這天吃垮老闆，這不約而同的惡作劇，果真差點把老闆的卡給刷爆了。

王家禎收起額度所剩無幾的信用卡，默默低語：「……算了，錢再賺就好了。」

王家禎負責將員工送上計程車，告訴司機他們的地址，或是聯絡好他們的同住家人，將所有員工都送回家之後，王家禎才提步離開熱炒店。

即便身處於鬧區，此時也只剩下他身邊的熱炒店和對街的便利商店還在營業。王家禎在寧靜的街上散步，方才還很吵鬧的周圍一下子就變安靜了，突然的變化讓他開始思索一些事情。

上個月，王家禎主辦了小學同學聚會。他確實有把訊息傳給季曉，原以為會遇到許久不見的季曉，畢竟他們在小學高年級的時候關係甚好，但季曉沒有出席，王家禎回想在聚餐時大家聊起還有誰沒來時，腦海裡晃過了那名轉學生。

那男孩在小學五年級時轉學到他們班上，讀不到一年就又轉走了。到底叫什麼呢？王家禎實在想不起對方的名字。

當時的王家禎擔任班長一職，對那男孩卻沒有太多的印象。不知是對方的性格太過安靜，還是自己的話題總是搭不上對方的電波，他打從心底認為自己和對方處不來。

「該死，又把鑰匙放在店裡。」

王家禎走到住處才發現鑰匙放在店裡的菸灰缸旁，都怪自己習慣用鑰匙割開包裹的膠帶，所以只要在店裡拆包裹，他有很大的機率會把鑰匙遺留在櫃檯桌面。

他又折返回徒步要十五分鐘距離的燒肉店。當他從大馬路轉進巷弄時，拿著黑傘、身穿黑衣的男人立刻映入他的眼簾。

心底立刻萌生了令人不愉快的感覺，這鬱悶感促使王家禎停下腳步，觀察站在店門口的陌生男子，對方把傘拿得很低，令王家禎無法看清楚來人的身分。

等了一陣子，對方仍站在燒肉店門口不走，王家禎萌生了是否要走後門的想法。不過很快地，他就提步走向不知要幹嘛的陌生男子。

這間店可是他把積蓄全數投入並貸款得來的店面，身為店主，憑什麼要戰戰兢兢地走後門呢？

「請問你有什麼事嗎？」王家禎經過那男人時，順口問了一句。

對方沒有回應，默默地往後退，與王家禎保持一段距離。

「你是健興國小的王家禎吧。」

被陌生男子點了名，王家禎立刻回頭看向將傘收起的對方。

「你是？」

「我是五年級轉學過去的，你還記得嗎？」

王家禎想起了不愉快的感覺，原來就是面對那名轉學生不知該如何應對的不適感。不過王家禎已不再是當年嚷嚷著討厭就是討厭的小孩，面對不喜歡的人還能微笑以對，這證明了他已經是擁有社會歷練的大人了。

「好久不見，上次我們有辦同學會，本來想邀你參加，可是沒有人知道你的聯絡方式，實在很抱歉。」

男子搖搖頭，「沒關係，如果真要敘舊，我只想跟你們幾個見面而已。我有時會想起你們曾經帶我出去玩的那次。」

「好懷念啊，我記得那次去遊樂場玩抓娃娃機時，季曉把我們的零用錢都投進去還夾不到，超遜的。而你一次就夾到了。」

「嗯。」男子看了看黑暗的街道，「我還有些話想跟你聊，可以進去你店裡談嗎？」

「喔，當然沒問題。是說，好險我剛好要回來拿鑰匙，否則你就白跑一趟了。」王家禎邊說邊拉開鐵門，邀請男子進到店裡。

「……我知道你一定會回來。」

男子喃喃自語地跟著王家禎進入店裡。

陸毅鋒拎著沙茶醬與加鹽沙士回到李世鎮的家。此時，他看見客廳桌上擺了一個急救箱，馬上意會到季曉是切菜割到手指了，畢竟季曉在廚房的表現看起來像是從沒拿過菜刀的初學者，一不留意就有可能出現眼前的這種景象。

陸毅鋒將李世鎮給予的鑰匙放到客廳桌上，瞄著用鋁框拉門隔出的廚房，裡頭似乎都已經備好料了。

而季曉原本想趕快處理好傷口，盡快返回廚房不讓陸毅鋒看見自己這麼沒用的一面，誰知道在他被李世鎮塗上碘酒，刺痛得叫了一聲時，陸毅鋒這麼剛好就開門走了進來。

「剩下的都我來幫忙吧。」陸毅鋒說完，順道將買來的東西帶進廚房。

季曉趕緊把碘酒棉花棒什麼的都放回急救箱內，也想跟著進去。陸毅鋒彷彿有所感應地轉身盯著他，「你乖乖待在那裡，什麼都不做就是幫忙了。」

季曉睜大雙眼倒抽一口氣，就、就算他真的是料理白痴，也不用說得這麼明白吧。

「我們很快就會煮好，你就待在這裡休息吧。」李世鎮說話時滿臉笑容，似乎很同意陸毅鋒的提議，這讓季曉沒有反駁的餘地，只好待在客廳當個看電視的大爺。

正好，他就順著這段空檔，觀察小說角色的住處好了。

這裡的配置和現實中父親所住的公寓十分相似，座落於鄰近派出所的安靜巷弄內。而電視機前擺放著裝有全家福照片的木質相框，照片中的其他兩人就是李世鎮口中離婚的妻子和孩子。

季曉先瞄向廚房，確認沒有人在意待在客廳的他之後，便慢慢靠近電視櫃，仔細觀察那張全家福。

父親將自己化身成小說裡的員警，員警的孩子卻不是季曉。

季曉又偷偷地回到沙發上，總覺得心裡有說不上來的鬱悶感，好像自己的父親到外頭重組家庭的感覺。為了消退這股不愉快的感覺，他開始用上下鍵瀏覽所有的電視台頻道。

直到半小時後，客廳的矮桌中央擺上那鍋香濃可口的砂鍋魚頭，季曉才甘願拋開遙控器，跪坐在矮桌前。

在濃郁的沙茶味中吃得出扁魚的鮮甜味，季曉承認，比上學期末他和系上同事一起去餐廳吃的還好吃。是就算胃裡已經塞了漢堡和薯條，季曉仍覺得自己還能再吃個兩碗的好吃程度。

「我很久沒有吃到這麼好吃的砂鍋魚頭了，今晚多虧有你們幫忙。」李世鎮說著。

而季曉原本也想跟著一起稱讚陸毅鋒，但吃太多，讓他的肚子開始絞痛了。於是他火速起身，把廁所的使用權先奪在手中。

「不好意思，可以借用一下浴室嗎？我想順道洗澡。」季曉對著碗裡已經空了，似乎也沒打算續碗的李世鎮說。

「當然可以，洗澡完，早點睡保存體力。」李世鎮說完，幾乎與季曉同一時間起身，只是一個走往廚房，一個前去浴室。

陸毅鋒則不發一語地盯著去廚房泡茶的李世鎮，觀察對方拿著兩杯馬克杯，將其中一杯放在他桌前，杯子裡有熟悉的茶包香味。

「想問我什麼事嗎？」李世鎮說著。

「嗯，本來有很多事想請教您，不過香片茶讓我懷念起往事，問題就顯得不重要了。」

「香片茶？我還有好幾盒呢，這些是之前我幫忙找到走失犬，主人送我的茶包，你想喝就拿去泡吧。」

陸毅鋒拿起馬克杯，喝了一口，這果然是他熟悉的味道。

「你和季曉是什麼關係？」

「咳、咳！」陸毅鋒被李世鎮突然丟出來的問題給嗆到，邊咳邊說著：「算是今天才比較熟的……同伴？」

「我以為你們已經認識很久了。因為大部分都是關係密切的人才會明知道有危險也選擇陪在對方身邊。季曉對你大概有另一種意義吧？」

「誰知道呢？」陸毅鋒聳了聳肩，若有所思地繼續喝著讓身體暖和起來的熱茶。

季曉用毛巾擦拭著半乾的頭髮走出浴廁，經過客廳時，下意識地往李世鎮的背影看去。此時的李世鎮盤腿坐在客廳中央的矮桌前，在堆疊的文件中埋頭寫字。

季曉才瞄了一眼，李世鎮便警覺地轉過身，告訴他：「我把被單準備好了，如果不夠的話跟我說一聲。」

「謝謝您。不好意思，在您這麼忙碌的時候來府上打擾。」

「不會，保護市民是我分內的工作。」李世鎮簡單地點了頭，又轉回原位繼續工作。季曉則走進三坪大的和室客房。

看到柔軟的被單攤平在榻榻米上，季曉忍住了想跳進去滾一滾的衝動。內心同時感嘆著，自己總算是活過昨天了！但他明白不能因此而鬆懈下來，上次在阿玖家被殺的時間，比這時間還晚了。

季曉盤腿坐在榻榻米上，利用吹頭髮的時間偷偷觀察客廳的方向。

和室與客廳僅隔著一道和室拉門，如今門是敞開著，季曉坐的位置就能看見背對他的李世鎮。

季曉明白有些時候作者會把自己投射在作品中的某位角色身上，只是沒想到父親也會這麼做。

在季曉的印象裡，身為小學老師的父親，會主動留在學校陪伴生長在雙薪家庭、單親家庭或是由祖父母照顧起居的學生。總是早出晚歸的父親，一有時間就會待在書房看書，不然就是修改教學內容。季曉從小就疏於和父親互動，他的生活全權交由母親來管教。

偶爾，他會因為母親嚴格的管教而倍感壓力，遇到這樣的情況時他總會跑到父親身邊寫作業。雖然彼此沒有說上什麼話，但待在父親身邊令他的心情十分放鬆，這份安心感也渲染到現在的自己。

「睡不著嗎？」李世鎮對著關掉吹風機電源的季曉這麼說著。

「不，我應該是可以一躺就睡的類型。」季曉盯著李世鎮的背影，曾經期許自己長大後要比父親還高，但實際上，自己現在的身高還是比李世鎮矮了些呢。

「這樣啊，那早點睡。」李世鎮摘掉眼鏡，並揉了揉眉心繼續說：「我把這些資料研究好大概也要天亮了，順道守個夜以防『那傢伙』又來殺你。」

季曉盯著重新戴上眼鏡的李世鎮許久，那並非是因為對方擁有與父親神似的長相，他能理解陸毅鋒在第一時間接受了他死而復生的說法，畢竟他們曾在現實世界生活，然後一起穿越到小說裡，然而眼前的李世鎮是書中的角色，竟也接受了他能死而復活的說法。

「您真的相信我說的話嗎？」

季曉的問題讓李世鎮暫停了手邊的工作，眼鏡底下的那雙眼正仔細觀察季曉的表情。

「難道你是跟同學打賭輸了，然後對我說謊？」

「不，我說的全是真話，只是很訝異您會相信而已。應該是說，我很高興您相信我這麼荒唐的言論。」

李世鎮會選擇信任，是因為季曉說出朋友的死狀與他曾經遇過的懸案有類似的做案手法，雖然他很難相信人死後還能復活，但是，他不願意放棄任何可以破解懸案的蛛絲馬跡。

「我在派出所門口觀察你們很久了。雖然也有那種因為打賭輸了到派出所鬧事的笨蛋，但是裝出驚嚇模樣和真的碰上危險的表情，我能分辨出來。」

「謝謝您相信我。」

季曉說完，李世鎮便繼續處理手邊的資料，而他則將吹風機收好放在和室的角落，想著陸毅鋒待會應該會用到吧？他從和室門口探頭看向浴廁，尚有淋浴的水聲，陸毅鋒大概還要一陣子才會回來，季曉就決定在陸毅鋒洗完澡回來前先瞇一下。

這天晚上季曉不知道翻了多少次身，以為自己累到可以昏睡，沒想到上次在阿玖家被殺的陰影仍揮之不去。在他輾轉難眠時，隔壁的陸毅鋒倒是睡得很安穩，季曉不由得瞪向那張毫無防備的側臉。

季曉把雙手都壓在枕頭下，觀察著身邊的陸毅鋒。如果陸毅鋒是要來殺他的兇手，應該會趁一起睡在和室時下手吧？但如果他真的死了，陸毅鋒就會成為首要嫌犯。

就在季曉久久未挪開視線的時候，陸毅鋒停止了鼾聲。季曉猜想陸毅鋒大概快醒了，對方就轉過身，與他面對著面。

「你不覺得我們可以先下手為強嗎？」陸毅鋒慢慢地睜開雙眼。

季曉感覺陸毅鋒還有幾分睡意，對他說的話不以為意，但陸毅鋒仍再次說出：「與其逃跑，不如我們合力殺了兇手。」

「這麼一來，反而變成我們殺人了。」

即便屢次被殺讓季曉感到憤怒與絕望，但他唯一不想做的，就是讓自己跟兇手畫上等號。

季曉無法妥協，想避開陸毅鋒的目光而起身坐著，對方卻也跟著起身，和他面對面地盤腿坐著。

「這只是一部作品，我們是在書中殺人，並不是在現實啊。」陸毅鋒說著。

「不管在書中還是現實，我都不想成為殺人兇手，我也不希望你殺人。」

「如果你不反擊，就只能被動地逃跑。假使真的能躲過連環殺機，這也沒辦法回到現實世界吧？或許殺了兇手我們才能回去。難道你要一直待在這本書裡嗎？」此時的陸毅鋒露出極度認真的神情，讓季曉無法把這些當作玩笑話看待，更無法輕易瞥開視線。

儘管季曉認為陸毅鋒的話不無可能，但畢竟這只是推論而已。他相信這世上沒有所謂「殺了這個人會讓世界變好」的事，況且這部作品是他父親創造的世界，他想，父親肯定不想他殺人吧……

似乎是季曉露出了猶豫不決的模樣，陸毅鋒就抓緊機會，繼續勸說：「如果你不敢，那就讓我來殺了那傢伙。」

「這樣的話，你就會成為這本書的第二個兇手。」

「只要能活著回到現實，我不介意成為書中的兇手。」陸毅鋒語氣堅定，像是不容任何人改變他的想法。

季曉認為如果不趕快改變陸毅鋒的想法，未來或許會發生無法挽回的事。可是就在這時候，外頭傳來了腳步聲，季曉深怕李世鎮會聽到他們談論的事情，畢竟在別人的耳裡，這可是預謀殺人的言論。於是他趕緊躺下來，轉身背對著陸毅鋒不與對方繼續爭論，只在心裡想著：如果陸毅鋒堅持這麼做，那他一定會出手阻止。

不管是為了什麼理由，一旦殺了人，人生只會變得越來越糟。

許久後，和室只剩下時鐘的秒針發出滴答滴答的聲響。

季曉專注聽著時鐘的聲音，想放空腦袋早點睡覺，腦海裡卻一直出現陸毅鋒說的話——

難道你要一直待在這本書裡嗎？

雖然他還不清楚要怎麼回到現實，至少，他得在書中活著，才有機會找到回去的方法。

醒來後，季曉發現自己正緊抱住陸毅鋒的手臂。

而此時的陸毅鋒已經坐起身，一手滑著手機，垂放的另一手就被季曉抱得緊緊的。季曉只能在內心瘋狂吶喊，身體的反應卻與焦躁的內心完全相反，緩緩且默默地轉過身，背對陸毅鋒繼續裝睡。

昨晚才否決陸毅鋒的提議，今早卻抱著人家的手臂睡，季曉實在太看不起自己了！索性繼續裝睡，只要醒來後裝作什麼都不知道就好。

季曉裝死了大概三分鐘，緩慢揉揉眼睛，順道伸個懶腰裝沒事，再轉身看向不知在查詢什麼的陸毅鋒。

「你醒啦？」季曉知道自己說了廢話，但為了假裝自己剛醒只能這樣了。

「嗯，我在看我所扮演的這個角色的手機內容，好多未讀訊息，而且存款也不少。」

「因為他是本作最受歡迎的角色啊，肯定是社群平台上好友數被加滿，追蹤人數還破萬，不但有音樂才華又會打架，而且還很紳士體貼，長得又帥！可能再過不久，存款就多到可以買房買車了。」

「……感覺你不像在稱讚這個角色呢。」

「我扮演的可是第一個被殺的砲灰耶！又不像你。當然，我也沒有想當最受歡迎的角色，只是……至少讓我當個平凡的配角也不錯啊，為何我要一直被殺。」季曉皺起眉頭，但很快地，陸毅鋒就伸手把那皺緊的眉心撫平。

「好人通常都滿短命的，代表你是個好人。」

「我好像沒得到安慰。」季曉又再度皺眉。

「在這欺善怕惡的世界裡，或許能活下去的人，都是比較壞的好人。這證明你不夠壞啊！既然這是你父親創造的世界，或許他就是要告訴你，再這樣濫好人下去會死的。」

季曉沒料到一起床就被陸毅鋒說教，但是陸毅鋒說的話又聽起來有幾分道理。父親會讓他成為第一個被殺的角色，或許就是要他改變自己，但是，他好像又明白陸毅鋒為何要說這番話。

「所以說，我們聯手殺了兇手吧。」陸毅鋒認真地盯著季曉。

「我就知道你想繞回睡前的話題，我拒絕！」

季曉才剛說完話，陸毅鋒就往他的方向靠近，因為速度太快，他沒能即時躲開，就與陸毅鋒保持著能感受到彼此氣息的距離。

「如果我也被兇手殺死了，到時你會後悔嗎？後悔沒有同意我的提案。」

季曉無法立刻回答陸毅鋒的問題。看著陸毅鋒逐漸逼近的那張臉，他根本沒辦法分心去思考這個問題，也不曉得自己因慌張而顫動的眼眸有沒有被陸毅鋒察覺到。

「就答應我，一起想辦法殺了兇手。」

陸毅鋒完全沒有要停住的意思，身體慢慢地靠近季曉，季曉只能退縮，一手往後撐住身體。

不知道是因為陸毅鋒扮演了最有魅力的角色，所以季曉的心受到小說設定的影響，還是季曉總是與人保持距離，很少像現在跟某人面對面如此靠近，他的耳朵突然紅了起來，雖然沒有鏡子，但他曉得自己的臉頰變燙了。

季曉不清楚該怎麼對好像要親他的陸毅鋒做出任何反應，又或是他不曉得要怎麼回答陸毅鋒的問題。

正當季曉的大腦呈現當機狀態，全身僵住的時候，廚房傳來了從烘碗機拿出碗盤的聲音，猜想應該是李世鎮在煮早餐。都已經免費借住了一宿，怎麼能讓主人一個人忙早餐呢？季曉終於找到理由，用力推開了陸毅鋒。

「你如果有時間戲弄我，不如去幫忙做早餐，你不是很會煮飯嗎？」

陸毅鋒保持著被往後推倒的狀態，看著季曉急忙起身，把兩人的棉被一起折好。

「我不會放棄的。」陸毅鋒在季曉離開和室前，向他低語著。

季曉假裝沒聽到，迅速走進廚房，就見李世鎮將鍋子裡的炒麵全部倒進大碗中。李世鎮似乎是許久沒有人來家裡作客而開心過頭，沒有控制好食材的量，以致於大碗裡的炒麵多到起碼有五人份以上的量。

季曉和陸毅鋒把方才發生的事情先擱到一邊，連忙將早餐端到客廳。昨晚矮桌上堆滿了李世鎮處理的文件，如今已經清空了一半，正好能讓他們擺上三人的早餐。

季家以前的習慣是一至五都由母親掌廚，六日父親有空的話也會煮早餐。並不是說母親煮得不好吃，而是父親的廚藝實在好到過頭。而頂著父親外貌的李世鎮，果然也有不讓季曉失望的好廚藝。

「好吃！」陸毅鋒說了季曉原本要說的話。這聲音讓季曉想起方才的事，他趕緊埋頭吃著炒麵，掩飾害臊的模樣。

李世鎮見兩人吃得津津有味，溫馨提醒他們：「還有很多，多吃一點才有體力應戰。」

「謝謝，真不好意思，在您這裡住一晚，還吃了免費的宵夜和早餐。」季曉認為再住下去會胖個三公斤也說不定。

「我有說要免費讓你們吃住嗎？你們當然要幫點忙囉。」

李世鎮看向某個地方，季曉也順著他的目光瞄向用橡皮筋綑住的好幾封信函。

「你們離開時幫我投郵筒吧。」

那些全是統一規格的信函，季曉沒想到警察也要寄節慶問候卡片之類的東西。

「這些是什麼？」陸毅鋒又說出季曉想說的話。

「我寫給被害者家屬的卡片。他們一時之間失去了親人、摯愛，甚至才剛上幼稚園的孩子就這樣死去，有些還是死於虐殺。我能做到的僅只是每年寄送節慶卡片，問候他們需不需要幫忙，和收到他們報平安的回信罷了。說了真慚愧，即使身為警察，也無法保護到所有人的安危。」

李世鎮越說越感慨，無力的語調讓季曉想多說點什麼來安慰對方，「這不是您的問題，追根究底全是那些喪心病狂的殺人犯一手造成的悲劇！」他邊說邊瞧著身旁的陸毅鋒，想要陸毅鋒也一起加入安慰李世鎮的行列，此時的陸毅鋒卻低頭不語，像在思考些什麼。

「殺人犯的出現，很多都跟不健全的童年生活有關，如果能重回到他們小學的時候，好好教育以及陪伴他們，或許就能降低犯罪率了。」

李世鎮說出的話令季曉感到不可思議，因為他的父親也曾說過類似的話。父親會擔任小學老師，認真教育孩子，就是為了降低犯罪率。

季曉又再次驗證了，這名員警就是父親在本作中的化身。

就在三人吃得差不多的時候，一通電話打破了早晨的寧靜。

「是，我馬上就過去。」

李世鎮露出十分嚴肅的神情，「你們慢慢吃，我有事先出門了。」說完，他趕緊起身把自己的碗盤收進洗水槽，回程時順道拎起置衣架上的夾克外套，把鑰匙和一張名片擺在矮桌上。

「這間格鬥運動館是我平常自主訓練的地方，如果你們有空可以去體驗一下課程。另外，你們離開時幫我鎖好門，鑰匙就放進門口的黑色傘筒裡。」

不到五分鐘的時間，李世鎮就匆匆忙忙地出門，留下低頭不語的季曉與陸毅鋒。

季曉為了避免尷尬，決定趕快去廚房洗碗，不過陸毅鋒卻早他一步起身，順道把他吃完早餐的碗筷都一起收進廚房，俐落地將三人的碗筷都洗乾淨。

「我們也快點出門吧。」

「要去哪？」季曉問。

「去格鬥運動館。如果你不想要主動攻擊，至少要學會正當防衛的招數吧。」

『為您插播最新消息，XX街驚傳兇殺案，死者為二十六歲的男性。根據居住在附近的目擊證人表示，早起運動時發現了死者的遺體，周邊灑落了多枚假金幣，在發現以前並無聽見任何爭吵聲。相關後續請持續鎖定新聞台為您插播的最新消息。』

當季曉分心於格鬥運動館正在播放的新聞時，視線突然向上飄，整個人往側邊摔倒，倏地手臂被扭轉，背部遭重壓，感覺肩膀就快脫臼了。

「痛、痛痛！好痛！」他被貼近的陸毅鋒擒拿摔地。

陸毅鋒認為自己沒使全力，就把季曉狠摔在地好幾次，這麼輕易就能推倒季曉，讓陸毅鋒不禁認為……

「你是不是討厭上體育課？」

「這話是什麼意思！」的確啦，季曉去學過跆拳道，一堂課就被嚇跑了，空手道也不行，游泳課還差點溺水，跑一千六百公尺是男生裡的倒數第三名，下課最喜歡待在教室預習複習寫作業，暑假只想待在有冷氣的房間寫參考書，但季曉絕對不會告訴陸毅鋒這些事實。

「如果不是的話就站起來繼續練習吧。兇手肯定比我還兇殘好幾倍。」

季曉再次起身準備應戰，「當然，放馬過來啊！」

兩人一早就來到李世鎮推薦的格鬥運動館練習，上午體驗了格鬥體能訓練課程，下午參加一對一的拳擊初階訓練，到了晚上和學員們一起跳拳擊有氧，下課後還留下來自主練習與重量訓練。從上午九點一直待到晚上九點，這十二個小時的運動大概耗盡了季曉三個月的運動量，同時，季曉也證明了自己是貨真價實的運動廢物。

煮飯也不會，體能也不行，季曉越來越覺得如果被流放到野外，自己會是第一個死的人。

季曉躺平在運動館內，雖然周圍仍充滿著學員們生氣勃勃的訓練氛圍，但季曉只覺得自己的腰和膝蓋快壞掉了。

見到此狀，陸毅鋒向季曉伸出了手，說著：「我想今天就練到這裡，運動過度會傷身。你要不要也一起去沖個澡？」

此時的陸毅鋒已經滿身大汗，看來十二小時的運動訓練超出了陸毅鋒的體力，而本來就體能很差的季曉，疲憊程度自然比陸毅鋒高出許多。

「你先去洗吧，我想再練一下。」就因為體能輸人，季曉認為自己必須要花更多時間練習才行。

「嗯，那我走囉。就算累，也不能鬆懈防備喔。」

季曉只是點點頭，便目送陸毅鋒離開自主練習區，順道掃視了館場內部。留在運動館裡的人還不少，估計兇手也不敢在眾目睽睽之下殺死他吧？

季曉想補充點水分再繼續練習，前往連接場內與更衣區的走道，記得跑廁所時經過走道有看到販賣機。不過當時沒仔細看裡頭賣了些什麼飲料，現在看來，運動飲料和礦泉水都售完了。季曉懶得出去超商買，只好轉往茶水間，拿著館內提供的免費紙杯想倒杯溫水來喝。

目光一掃，季曉發現茶水間裡竟然有他常喝的膠囊咖啡機，決定順手沖泡一杯咖啡來品嚐。雖然喝咖啡和解渴沾不上邊，但黑咖啡的苦味能讓他靜下心來仔細思索些事情。

在前往運動館的途中，季曉與陸毅鋒替李世鎮寄出那些慰問被害者家屬的信函。季曉沒有數有多少封，但少說也有二十封，這也意味著至少有二十人死於刑事案件。

季曉回想著這些，並從茶水間門口探頭看往館內的電視機，此時新聞台仍不斷放送兇殺案的最新進度。雖然刑案以偵查不公開為前提，案發現場周圍全拉起了封鎖線，但電視台仍想方設法奪得獨家新聞，在短時間之內找到了在死者經營的燒肉店工作的員工，並進行簡短的訪談。

『昨天我們才聚過餐。老闆很照顧我們，那時候我從前公司離職付不出租房押金，老闆還很大方先支付我往後的薪水……我不懂，為何這麼好的人會被殺死……還是被刺了這麼多刀……如果不是看到那件外套和錢包裡的證件，我根本認不出他是誰……』

季曉盯著螢幕上的被害者姓名，雖然中間打碼，但他立刻想起了小說裡除了他扮演的砲灰以外，第二個被殺的夜歸男子——王家禎。

因為此人的名字和季曉現實中小學五年級的班長「王佳禎」相近，他特別記得這位角色的姓名。當時，父親擔任他們班的班導師，在閱讀文章時，季曉就認為父親也許是拿現實看過的姓名加以修改使用吧？

新聞內容越看越沉重，季曉索性轉過身，把紙杯扔了，趕緊回到館內。

雖然自己躲過了死劫，但季曉並沒有任何慶幸的心情。

如果不想再有被害者出現，唯一的辦法就是盡快找到兇手，將兇手繩之以法。

有了這個想法，季曉就趕緊回到擂台旁的練習區，接手了陸毅鋒方才練習的沙包，進行自主練習。

過不久，場中有幾位學員吆喝了幾聲，一名戴著格鬥頭盔的男人一站上格鬥擂台，立刻迎來待在纜繩外的學員替他叫好。

和普通的拳擊比賽一回合三分鐘不同，學員的自主對戰採一回合九十秒，輸了就換下一位挑戰者。

此人從站上擂台開始，就連續對戰了數名學員，以不敗之姿站穩擂台。大概是常客又經常在自主練習取得勝利，學員們才如此歡迎此人的到來吧？

季曉分心在擂台上的賽事，上台挑戰的學員全以敗仗收場，館內的學員們陸續離開至後台的更衣室。直到季曉警覺地回頭查看，發現運動館老闆正在店外做收店的清掃，他再往那名男子看去，沒想到對方已經離開擂台，朝他邁步。

即使近距離看著那張臉，也因為被格鬥頭盔的黑框遮掩，讓季曉無法看清楚對方的長相，也無法確定對方是不是兇手。

即便無法確認對方的身分，季曉現在卻強烈感受到此人帶來的殺意。他慢慢地退後，與對方保持一定的距離。方才至少還有近十名學員留在場中，轉眼間館內只剩下季曉與這個男人了。對方該不會刻意與所有人對打，打到他們負傷離開，好讓這裡只剩下他們兩人吧！

季曉拔腿想逃，對方卻迅速衝到他身後，勾起手臂勒住了季曉的喉嚨，並抓住季曉的手往後一拉。季曉完全被對方壓制而動彈不得，在無從掙脫的情況下逐漸缺氧。

方才旁觀了此人的練習，季曉自知不是此人的對手。但在臨死邊緣，季曉仍抓住對方勒住他頸部的那隻手，向前彎身，將這名男子重摔在地。

以為有機會可以逃去找陸毅鋒，季曉忽然感到心跳加快，呼吸急促，頭暈目眩地完全無法對焦眼前的男人，對方趁他身體有異狀時，起身一拳擊中了他的右臉，又用力朝他下巴往上勾拳。

強勁的攻擊讓季曉痛苦地跪趴在地，吐了一地也無法止住強烈的噁心感。

季曉不明白自己的身體為何有如此劇烈的不良反應，他瞪著蹲在他面前，伸手扯著他瀏海，硬是抬高他臉龐的男人。

「如果你選擇喝水，大概就會分辨出水裡的苦味，也不會喝這麼多了。」這次兇手主動跟季曉說話了，這令季曉想起自己方才在茶水間拿的杯子。

對方提到的苦味，莫非就是推理小說很常使用的氰化鉀毒物？難道空杯有粉末？但只有他喝到中毒吧？兇手一直在館內觀察他？然後他選擇喝咖啡，才沒察覺到這個苦味嗎？

然而季曉沒辦法再思考這些問題了，因為中毒而無法反擊，虛弱的身體完全被對方用力往地上壓制。

就算要死，他也要看見對方的真面目！季曉用僅剩的力氣，抬起一隻手，好不容易碰到兇手的格鬥頭盔，兇手卻開始朝季曉的臉骨攻擊。

強烈的耳鳴讓季曉無法聽清楚周圍的聲音，頭部被連續重擊讓他感到天旋地轉，好像一旦鬆懈下來了，就會瞬間暈過去，然後又得回到過去的劇情。

就在季曉氣自己又要徒勞無功地死去時，兇手揮來的這一拳僅是擦過了他的臉龐，沒有實質打到他的臉。

季曉勉強撐開眼皮，從狹窄的視野中看見一道背光的身影正用與兇手方才相同的姿勢，那曲起的手臂勒緊兇手的頸部，並將兇手以這姿勢往上抬起。

季曉抓緊機會往前爬行，拉開了與兇手的距離。

兇手也想和季曉方才一樣，打算重摔男人，男人卻像早已知道對方要反擊的招數似的，壓低重心，讓兇手摔不動抵住力量的他。

男人預備在身側的拳頭就在等待兇手把臉朝向自己的這一刻，這拳頭紮實地打在兇手的鼻骨，強大的衝力讓兇手往後退去，還沒能站穩，男人就反揪住兇手的衣領，往牆上用力一撞，朝對方的下顎與臉骨猛烈揮擊。

「咳、咳咳！」即便不再被兇手壓制，季曉也無法舒緩中毒後所帶來的窒息感，他不斷地咳嗽，用力張著嘴呼吸，用僅存的力量將視野對焦到前來解救他的男人身上，每一拳都有效打在兇手臉上的男人，正是陸毅鋒。

季曉明白自己吃下了氰化物，如果不趕快施打解毒劑，自己很快就會步入死亡了。他認為自己被救活的機率很低，如果這回還是會死，他得在死前找到兇手的特徵。

季曉努力撐起上身，試圖從激烈的對打中，找尋兇手身體上的特徵……痣或是傷疤什麼的都好，他不能浪費掉與兇手最接近的這個機會。

當陸毅鋒想摘掉兇手的面罩時，兇手立刻下蹲抱住陸毅鋒的腰部，往前跨了數步，不但躲過了陸毅鋒的揮擊，甚至壓倒了處於上風的陸毅鋒，坐在陸毅鋒身上。旋即，兇手抽出藏於身後的小刀，朝陸毅鋒的頸部刺去。

僅只有一剎那的反應時間，陸毅鋒徒手握住了那把小刀，掌心滲出的鮮血瞬間沾濕了銳利的刀鋒，並順著刀尖流向陸毅鋒的喉結。

刀尖就在陸毅鋒的頸部上方緩慢移動，只要稍不留神，陸毅鋒的喉嚨就會被刺破。一想到這點，季曉便快速挪動著眼眸，找到了可以當作武器的啞鈴，他咬緊牙根，靠生存的本能，努力地移動身體，朝那東西前進。

兇手留意了季曉的行動，輕易就躲過季曉朝他頭部揮來的啞鈴，然而兇手卻輕忽了陸毅鋒的反應。當兇手分心在季曉身上時，陸毅鋒立刻反手抓住了兇手的雙臂，收腳踹向兇手，迅速翻身，反倒坐在兇手身上，伸手掐住了兇手的頸部。

攻擊兇手已經讓季曉耗盡體力，在倒地前，他看見了兇手被扯開的衣領下方，鎖骨到胸口中央有一顆痣和一道傷疤。

季曉想對陸毅鋒說出「別殺人」，但聲音就卡在喉嚨，身體中毒已經讓他無法發出聲音。

此時的陸毅鋒感受不到周圍的任何動靜，他殺紅眼地掐緊兇手的頸部，掌心的鮮血沾濕了兇手的衣領。小刀應聲落地，兇手似乎已無力握住任何東西。

如果再撐一點時間，兇手很快就會死於陸毅鋒手中，或許他就不用過著被追殺的命運了。但是這麼一來，陸毅鋒就會變成本書的第二個兇手了。

季曉使盡最後的力氣，把手伸向空中，扯住陸毅鋒的衣襬。

陸毅鋒……別殺人……

第四章　距離上一次臉紅心跳是多久以前？

季曉猛地睜開雙眼，眼前是他熟悉的膠囊咖啡機。

「呼……呼……」驚恐之餘，他迅速挪動著眼眸，確認自己現在正處於格鬥運動館內的茶水間。

所以他死了嗎？死後又重生到過去的時間點？

然而這次不再是木工廠，代表小說的情節終於往前推進了吧？

為了不讓自己再度喝下毒物，季曉從垃圾桶裡找到空的塑膠袋，把裝有粉末的紙杯丟進袋子裡並打上死結，帶走並放入置物櫃中的隨身包裡，避免有粉末飄散在空中或是被其他學員食入。

季曉順道拿出手機，擔心兇手就在附近，如果直接撥打電話，也許會被對方聽見內容，因此他改以簡短的文字訊息將待會可能會發生的事情傳送至某個手機號碼。那支電話是他替李世鎮寄信時，從信封上記住的寄件人手機號碼。

傳送完畢，季曉就趕緊前往淋浴間與陸毅鋒會合。

喀嗒一聲，季曉打開了唯一一個正在使用中的淋浴間，裡頭赤裸著身體的陸毅鋒正關掉水龍頭。

「差這麼一點……就差一點可以殺死他！」陸毅鋒懊悔地瞪著流出剩餘水滴的蓮蓬頭。

季曉趕緊走進淋浴間把門關上，避免被人聽見對話，同時思索著陸毅鋒的話。

意思是在兇手死之前，季曉自己先死了嗎？

陸毅鋒想盡快離開淋浴間，季曉知道陸毅鋒要出去幹嘛，立刻抓住陸毅鋒的手。

「放手。」陸毅鋒用低沉的語調說著，季曉感覺到自己掃到了陸毅鋒的颱風尾，但他不想為了不吵架而任由陸毅鋒去做傻事。

「你有想過，兇手可能跟我們一樣會重返過去的某個時間點嗎？如果會的話，兇手已經知道你會怎麼攻擊他，這次就會用其他方法來對付你。」季曉怎麼也不可能放手，他打從心底不希望陸毅鋒再去找兇手決鬥，進而殺死兇手。

陸毅鋒知道季曉不肯放手，與其用說的，不如用行動來表達自己的不滿，他反握住季曉的手，將季曉壓在淋浴間的牆上，「我勸你不要再阻止我，不然……」

季曉瞪著逼近的陸毅鋒，「不然怎樣？你也會打我嗎？為什麼你執意要殺死兇手？」

陸毅鋒看著季曉那堅定的眼神，他不想浪費時間與季曉爭執，畢竟季曉並不是他生氣的對象。索性，他閉上雙眼，讓自己情緒冷靜一些後再道：「不是說不想被殺？不想連累無辜的角色？既然如此，兇手現在就在你的眼前，有辦法殺死他的時候，你為何又要退縮？只要兇手活著，就會有人死亡，一味地逃跑根本解決不了問題！」陸毅鋒更用力握緊了季曉的手，想讓季曉無從反抗。

但季曉也不服輸地回瞪他，「那也可以用法律制裁，而不是暴力反擊！」

陸毅鋒面對這個回答只能冷笑以對，鬆開握住季曉的手。

「或許法律真的能伸張正義吧，但要等到什麼時候？兇手如果一輩子都沒被抓到呢？就算被抓到，如果兇手未滿十八歲呢？最重也就二十年。假如犯人是十二歲以下呢？更不會移送少年法庭。對某些人來說可以教化，很公平，但對我來說沒有一命還一命就是不公！」

季曉面對過兇手，他不認為兇手有這麼年輕。但現階段季曉已經沒時間想這個問題了，他得制止陸毅鋒離開這裡。

季曉抱住了正要離開的陸毅鋒，收緊手臂不讓對方出去做傻事。

「陸毅鋒，一旦殺了人，人生就註定走向悲劇了。我希望你的人生能有好結局，不該為了不值得的人而過上悲慘的人生。」

季曉使盡力量抱住陸毅鋒，但此時的陸毅鋒沒有任何反抗了，只是站在淋浴間內，讓季曉從身後抱著。

撲通、撲通地，季曉很清楚聽見自己激動過後的心跳聲，這可是他第一次這麼費盡力氣阻止一個人，以前的他總是旁觀別人做傻事。

但他很清楚現在的自己不希望陸毅鋒走向悲劇，因此他絕不能放手。

陸毅鋒垂下臉龐，盯著自己原本氣到發抖的雙手。幾分鐘前，這雙手正掐住兇手的脖子，而現在，他卻用這隻手打算推開季曉。倏地，他握緊拳頭，壓抑住殺意。明白自己不該對一直受害的季曉生氣，每個人的價值觀本來就不一樣，季曉並沒有任何錯誤。

「季曉，我很高興你這麼看得起我的人生，但我的人生根本不值得用悲劇或喜劇來分類。那就只是一個……不會有人記得的人生。」陸毅鋒說完，轉身看著季曉，發現季曉的頸部有被勒過的痕跡。

明明已經重生了，但季曉似乎留有上一次被兇手傷害的痕跡。

現在已經不是說可以復活，就任意被兇手殺害的時候了。季曉很有可能在某一次被殺之後，就不再能復活了。季曉死了，也許他們兩人將永遠被困在這本書裡，無法回到現實。

一旦有了這個的想法，陸毅鋒便使力推開季曉，換上衣物。

陸毅鋒有不能被困在這裡的理由，現實世界中還有一件很重要的事情等著他完成！

看著陸毅鋒離去的身影，季曉瞬間想起了即將升上高中的那個暑假，他盯著父親拖著行李離開家裡的身影。

如果當時他趕去抱住父親，告訴父親自己其實不希望父親離開，想跟父親一起生活，或許他就不會因為思念父親，而讀著父親的小說，甚至穿越到這本小說裡了。

也或許，他能夠即時拯救父親的生命，父親也不至於會獨自在家中病逝。

季曉立刻推開淋浴門，不想再做會讓自己後悔的事了！他匆忙跑走，險些撞到了來淋浴間的客人。

「抱歉。」

季曉趕緊衝到館場內，明明方才還有學生自主練習的場內，此時只剩下陸毅鋒與兇手兩人留在擂台上。

季曉忽然領悟到了他所見到的人物全是小說裡的配角，都是為了協助主角完成主線，幫助故事向前推進的存在。要有被害者，主角才能與兇手對抗，進而推動小說劇情。

因此季曉和陸毅鋒被安排來到這間格鬥運動館，所有學員都不約而同離開擂台，老闆也被支開去做關店的清掃，整個小說世界彷彿都在留給兇手一個殺死季曉的大好機會。

一想到小說世界的所有安排就像要置他於死那般，季曉便難受地睜大雙眼，目睹陸毅鋒正坐在對方身上，瘋狂地攻擊對方的面部。與上一回不同的是，對方似乎沒有反抗能力，很快就被陸毅鋒打暈過去了。

趁這個機會，季曉想要勸說陸毅鋒，將對方交由警方處理。才剛向前一步，某人突然從身後環抱住他，隔著衣物，撫摸向他的胸膛，並在他的耳邊輕語著：「死亡，是你必經之路，逃不了的。贖罪吧……」

對方故意拉長吐息，讓季曉全身一顫，他只能低下頭，避開對方想更親暱的舉動。

「我不記得有做什麼需要贖罪的事情，你殺了我，就只是殺人犯而已，別把自己說得如此神聖。」季曉壓低音量，盯著台上的陸毅鋒。所以說，跟陸毅鋒對決的男人不是兇手，只是戴著兇手使用過的頭盔而已。

兇手果然和他們一樣擁有上回的記憶，所以知道陸毅鋒會找他決鬥。

「我不介意你怎麼稱呼我，在我的世界，你也是個殺人犯。」兇手緩慢地從身後抽出小刀，將刀鋒抵在季曉的頸部，季曉只能仰著頭，往後更貼近兇手的身體。

季曉曾想過要在最接近兇手的短暫時間，試著感化兇手，現在卻覺得有這種想法的自己實在蠢到不行。

能毫不猶豫把刀刺入他人身體裡，看著他人痛苦哀求也不會產生任何憐憫的兇手，根本沒辦法用三言兩語來感化。

「季曉，其實我最不討厭的人是你。只可惜，現在我得殺了你。」兇手邊說邊輕吻著季曉的耳畔，刀鋒也劃傷了季曉的頸部，雖然只是皮肉傷，但那股痛足以讓季曉忽略了對方的親吻。

痛感也激起了季曉的求生本能，趁兇手還想說什麼的時候，季曉用力往後踹向兇手的小腿。

這邊的動靜引起了陸毅鋒的注意，陸毅鋒發現季曉正面臨危機，才知道自己身下的對手並不是兇手。

季曉不願意陸毅鋒與兇手正面對決，進而殺了對方。他利用短暫的時間掃視了眼前的一切，發現不遠處有一台監視器，而兇手目前處於柱子後方的陰影處。

只要把兇手引到監視器拍得到的地方，警方或許就能利用監視器畫面搜索到兇手的身分。有了這個想法，季曉就往外逃跑，除了想把兇手帶開之外，也想請老闆幫忙報警，好來制止陸毅鋒想親手殺了兇手的衝動。

就在他轉身逃亡的時候，身後傳來了一聲槍響。

季曉猛地轉身，就見陸毅鋒壓著側腹，從指縫淌出了鮮血。

不會吧……怎麼可以給兇手一把槍，這根本是開外掛的程度了！季曉難受地愣在原地，耳邊就傳來兇手冷漠的話語。

「我可沒這麼笨，還被你掐頸。」兇手甚至將槍口繼續對準陸毅鋒。

季曉已經管不了那麼多了，他加速步伐，奔到陸毅鋒身前。反正他已經被兇手殺了這麼多次，不差即將被槍殺的這一次。

季曉擋在單膝跪地的陸毅鋒前方，他明白自己沒有堅強的力量能擊倒兇手，但至少，可以用自己的犧牲來保護不該被殺死的人。

陸毅鋒看著季曉微微發抖的背影，摸著藏於牛仔褲後口袋的小刀，這是他從李世鎮家裡偷來的刀。

這個距離雖然無法讓兇手一刀斃命，但至少他得在兇手身上製造一個可以辨識的傷口。

「季曉，其實我一直都想……再見你一面。因為季震老是跟我說，你是他驕傲的兒子……我本想要……反駁他的。」

陸毅鋒在季曉身後低語著。

陸毅鋒的這句話資訊量過大，季曉沒能馬上消化，就見陸毅鋒把小刀射向兇手。若不是兇手身手矯捷地閃過，這把刀怎會只割傷兇手的右肩呢？季曉目睹著兇手改用左手持槍，想再對陸毅鋒開槍，但持槍的似乎不是慣用手，兇手遲遲沒有扣下扳機。

季曉還不知道陸毅鋒死後是否會復活，不能讓陸毅鋒就這樣被兇手殺死。現在不管陸毅鋒怎麼想推開季曉，季曉也絕不能離開陸毅鋒的身邊。

就在劍拔弩張之際，門外傳來了警笛聲，警車迅速抵達運動館門口，車還未熄火，李世鎮就立刻下車衝進運動館內。

兇手見狀，咬牙收起了手槍，往更衣室的方向逃走。

李世鎮接到季曉的訊息後，立刻放下手邊的工作趕來格鬥運動會館。

因為今早，李世鎮抵達刑案現場勘查時發現被害者於死後遭到毀容，立刻察覺到案件與十六年前的懸案手法類似。倘若此案的兇手和傷害季曉的是同一人的話，那麼季曉所說的兇手很有可能就是犯下十六年前懸案的真兇，因此急忙前來逮捕嫌犯。

李世鎮一進館內立刻發現負傷的陸毅鋒與季曉，然而兇手卻早已消失在他的所視範圍。

劉義德陪客戶一起來格鬥運動館健身，在持續了一個月的陪伴下終於在今晚取得合作續約。只不過方才在運動館突發的事件令他在意，以致於走往女友家的途中才發現遺失了手機。

明天開會的資料全存在手機裡，劉義德不能沒有手機。他旋即背對女友的家，徒步找尋附近的公用電話。

其實他可以直接去女友家借手機使用，然而今天是他們交往三週年的紀念日，不想因為弄丟手機的這種蠢事來搞壞今晚的重大計畫。

劉義德邊走邊摸進外套口袋裡，裡頭放了一個絨布戒盒。待會他計畫要向女友求婚，現在有了這段插曲，他可以好好冷靜情緒，以免到時候女友答應嫁給他時，他可能會哭出來。如此重要的紀念日，他想要展露出穩重帥氣的模樣。

劉義德想做一個成熟且外表順眼的好男人，為此甚至把小時候的照片全燒了。因為那些照片中的他被同學稱為「胖豬」，雖然他大可以不要在乎那些童言童語，但被說的當下還是會傷心難過。就在他趴在桌上，選擇逃避現實的時候，有一個人站了出來，理智地告訴他們：「你們吃進去的東西差不多都浪費在馬桶裡了，但劉義德卻很有效率地長在身上，你們應該要崇拜劉義德的體重，而不是笑他胖。」

會掰出這種理論的人，就是季曉。

季曉因為功課很好，深受老師們的喜愛，五、六年級皆擔任幹部的職位，所以他說出來的話很有分量，實際上也多虧了季曉，同學們不再取笑他胖了。

季曉對劉義德而言是救命恩人，他心裡滿是懷念。方才在運動館的淋浴間外頭撞到的人就是季曉吧？事隔多年了，季曉的外貌好像沒有太多變化，不過季曉肯定認不得他了吧？為了改變自己，申請上大學之後，他利用高三的暑假拼命減肥，至今仍持續健身以及控制飲食，才逐漸變為可以被同事說「長相吃香」的男人。

下次如果還會在運動館碰到面，他想邀季曉去喝一杯，他知道這裡附近有間不錯的酒吧，極簡低調的裝潢季曉應該會喜歡。如果和女友求婚成功，他也會將喜訊分享給季曉，邀請季曉參加婚禮。

劉義德一面思索著這些，一面走進電話亭，撥打著自己的手機號碼。畢竟目前運動館發生事件後已經拉下鐵門，如果老闆有撿到，或許可以透過這通電話跟老闆約個地方碰面，取回手機。

當他撥出電話後，外頭傳來了熟悉的鈴聲。他轉頭一看，一名陌生男子正站在電話亭外。

劉義德仔細打量那個男人，不對，男人並不是陌生人，是曾經轉學到他班上的小學同學。

他趕緊掛斷電話，與亭外的男人打聲招呼。

劉義德自認很能夠記住他人的名字和五官，這樣的才能幫助他在跑業務的工作上更得心應手。

「阿德，好久不見，你還記得我啊？」男人說著。

「當然，那時候你轉學過來我們印象都很深刻，想說同學會要發信邀你，卻不知道你的聯絡電話。」劉義德雖然這麼說，心裡卻想著自己的外貌轉變很多，為何男人一眼就認出他的身分。

男人笑而不語，將手機還給劉義德。那隻手戴著手套，但現在的天氣還不到必須披圍巾戴手套的地步，劉義德對男人的穿著感到有些詫異。雖然想問，不過他的心思馬上被「趕緊拿回手機」的想法給取代。

劉義德確認了手機桌面是他與女友的合照，裡頭的重要資料也都在，這是他的手機沒錯。「謝謝你，我明天很需要這些資料。」欣喜之餘，他也好奇地問著男人：「你是從哪裡撿到我的手機？」

「我剛剛也在運動館，從淋浴間出來，發現它遺留在更衣間的座位區。」

「這麼巧我們都在運動館！剛剛我有碰到季曉，你還記得他嗎？」劉義德雖然這麼說，內心卻想著為什麼男人會知道這隻手機是他的？為何還會出現在這裡？難道他被跟蹤了？

「當然記得，季曉和你們是唯一帶我出去玩的同學。」

「可惜跟你出去玩之後沒多久你就沒來上學了。下次我們一起喝一杯吧！」

劉義德客套地邀約著男人，直覺不想久留於此地，小時候見到這位轉學生時，他就不太敢正眼看著對方的眼睛，感覺看太久好像會被對方催眠似的。

但劉義德即便對此人無感，外表仍像是與許久不見的同學敘舊，露出職業般的笑容。

「……可惜沒有下次了。」男人說完，掏出藏在後口袋的手槍，將槍口抵在劉義德的額頭上。

然而劉義德沒有任何猶豫，立刻拍開了他的手槍，子彈射中了一旁的路樹。

畢竟劉義德時常在運動館健身，不可能單方面居下風，男人也料到劉義德會躲過第一次攻擊。

男人冷靜地轉過身，看著獵物正往有燈光的超商奔去。肩膀受傷讓男人稍微失去了平常的靈敏度，但這並不會減低他的殺意。

比起放棄一切等死的獵物，會掙扎的還是比較有趣。

男人朝劉義德的大腿開了一槍，灼燒的痛感讓劉義德趴倒在行人道上，只能拖著中彈的左腿繼續爬行。

很快地，男人走到劉義德的面前，抓起他的瀏海，強迫他抬頭，將槍口抵住他的眉心。

劉義德握緊拳頭，即便不能逃跑，仍朝男人的臉用力揮擊，這一拳，果然讓男人的臉被打偏了些，但隨後，男人彷彿沒有痛覺一樣，頂著被打紅的臉看向劉義德。

街頭傳來了第三次的槍響。

季曉被來往的病患家屬撞了一下，手中的寶特瓶立刻滾落在地，他彎腰撿起的同時說了聲：「抱歉。」

此時的他正在手術室外頭等候醫生替陸毅鋒取出子彈，而稍早前，他也替被陸毅鋒打傷的學員負擔了醫藥費，所幸對方並沒有打算向陸毅鋒提告。季曉私自想著，或許這是非必要出現的故事情節，配角們就以大事化小的心態退場了吧。

季曉瞧著還持續亮起「手術中」的指示燈，因為陸毅鋒受了重傷，季曉的心開始矛盾了。內心彷彿有兩個自己正在打架，一個是堅持不當殺人兇手，要以法律制裁兇手的那個自己；以及看見了陸毅鋒負傷，自責要是能早一步殺死兇手，就能夠避免憾事發生的自己。

季曉不想浪費時間陷在低迷的情緒中，於是拿出手機，點開浮出的訊息文字，讓自己分心在其他的事情上。

這是阿玖傳到研究所群組裡的訊息：『這陣子晚上大家出門都要小心喔，已經連續兩件夜歸被殺的案子了。尤其是季曉！現在在醫院幹嘛啊？不要太晚回家。』

季曉讀完訊息之後，立刻探頭看著左右，周圍並沒有阿玖的身影。

奇怪，為何阿玖會知道他在醫院？

季曉抱持著疑惑點開阿玖傳來的頭條新聞，兇殺案件發生在他們方才所處的格鬥運動館附近，而上頭顯示的「劉姓死者」，原本是書中第三位被殺死的角色，此人的姓名也和季曉現實世界中的小學同學「劉益德」差一個字。

如果父親只沿用一位現實人物的名字就算了，父親卻將兩位被害者取作和他小學同學類似的名字。而且當時在閱讀作品時，砲灰馬上就死了，季曉並不清楚砲灰和其他兩位死者的關係，而現在，季曉從手機訊息裡找到了一封來自上一位死者「王家禎」的訊息，裡頭是小學同學會的聚餐地點與時間，確認了砲灰與王家禎是小學同學的關係。

季曉揉著眉心，閉眼深思。

就因為小說世界越來越像他所處的現實世界，所以，季曉更無法認同陸毅鋒說的——就算在書裡殺人，現實也不會有所改變。

難不成，這本書是父親將現實發生過的事情加以改編成的作品？在現實中，父母分居之後，季曉怕被同學問起雙親的事情，就很少與過去的同學聯繫了，所以他不清楚小學同學目前的狀況。

季曉實在有太多疑問想問父親了，然而就算回到現實，父親也不會回答他了。

季曉深吸了口氣後決定提起精神來。他記得手機裡有個尋找功能，彼此能交換目前所在的位置，還能直接規劃路線。他以前為了前往聚餐地點就曾和同事分享過一次，但當時只分享定位一小時，這個手機該不會永久分享了定位吧？

季曉開啟手機設定，上頭除了阿玖和秦梨以外，還有一些聯絡人都開啟了定位分享。

如果兇手也在分享定位的名單裡頭，那兇手便可掌握到他的行蹤。

季曉將名單裡的聯絡人截圖起來，兇手若真是透過這個方式追蹤到他，那兇手的範圍就大幅縮小了。只要調查這幾位聯絡人，很快就能找到兇手的身分。

季曉不急著關掉定位分享。如果立刻關閉，兇手或許會察覺到他已經發現了名單而有所防備。而他也利用了分享定位，觀察這些聯絡人目前的所在位置，幾乎都在同一個城市，而且有幾位還待在季曉就讀的研究所大學裡。

在陸毅鋒復原以前，他得去學校上課，盡快鎖定兇手的身分。因為季曉隱約覺得，只要讓陸毅鋒再與兇手碰面，可能就會邁向其中一人死亡的路線。他認為不管兇手有多可惡，都不值得陸毅鋒賠掉往後的人生。

就在季曉下定決心要去學校尋找兇手時，李世鎮拿了一杯從超商買來的熱咖啡，坐到季曉的身邊。

「喝杯咖啡冷靜一下吧。」

咖啡的香氣奪走了季曉的注意力，他側著臉龐，心想咖啡真的很常出現在他的周圍，有鑑於在茶水間喝了咖啡被毒死，季曉這回只是拿取咖啡，並沒有真的喝下。

「最近外頭不安全，還是暫時住在我家吧。」李世鎮說著。

「我擔心陸毅鋒的傷勢，今晚我還是睡在休息室好了，我剛去看家屬休息室有躺椅。」

「那可不好睡喔，既然要隨時提高警覺，就要好好睡覺儲備體力。我家有多的那間和室，可以供你睡覺。」

季曉也很想睡在柔軟的被單上，不過他更擔心陸毅鋒醒來後會拔掉點滴，衝去找兇手決鬥。

「謝謝您，等陸毅鋒醒來後，我會不客氣地到您府上打擾。」季曉那張憔悴的臉難得有了笑容，李世鎮便伸手摸了摸季曉的頭。

「你既然已經決定好了就這樣吧，去洗把臉放鬆一下。」

因為李世鎮長得實在太像季曉的父親了，依照季曉聽話的個性，馬上就照做走往男廁，把臉洗乾淨。

抬頭一看，鏡中的自己和洗臉前沒什麼改變。然而這一瞧，季曉發現了身體的異樣。他向前靠近鏡面，摸著頸部不尋常的痕跡，除了方才被兇手劃傷的傷口之外，上頭還留有上一回中毒身亡前被兇手勒過的傷痕。

為了重啟調查十六年前的懸案，李世鎮前往座落於交通樞紐，鄰近百貨商圈的北區分局。

當時保管未偵破重大刑案偵查報告書與證物的承辦人員，為現任北區分局副分局長吳立仁。幸虧吳立仁保存得宜，即使經歷了十六年的歲月，資料仍保存得完好無缺。

李世鎮一大早就在分局證物室翻閱十六年前的證物資料，現場照片中，女性被害者被繩索捆綁固定於餐椅上，五官被刺得面目全非，周圍有散落的歐式刀具與紅色花瓣。

當時，李世鎮也是現場勘查人員之一，對此案印象深刻。女性被害者名為「許怡仁」，是一名小學家教。由於當天晚上許怡仁與友人相約晚餐卻遲遲沒有赴約，友人擔心許怡仁發生什麼意外，協同鎖匠一起到許怡仁家開鎖，這才發現許怡仁已遭人殺害。

由於現場貴重物品未被竊取，調閱許怡仁的銀行交易資料也沒有被盜領盜刷的紀錄，初步排除竊盜殺人。進一步勘查，許怡仁的屍斑除了在臀部和大腿後側之外，胸口亦有屍斑，推論許怡仁以趴姿狀態死亡，兇手在她死後移動屍體至餐桌椅上，並用繩索捆綁撐住死者的身體。而臉部被割傷但無紅腫跡象，推測是在死亡後，被害者身體無法啟動保護機制下被兇手割出的新傷口。

對於此景，李世鎮感受到犯人正表達著「即使殺死對方，也不足以洩憤」的強烈殺意。

當時負責此案的鑑識人員為現任刑事鑑識中心主任葉宗漢，以他多年的鑑識經驗從大量的生物跡證與物理證據中過濾出可能為嫌犯遺留的證據進行鑑識。在刀具上並無查到被害者以外的指紋，但在花瓣上採集到了被害者以外的指紋與血液，玻璃杯上亦有非被害者的指紋。現場收集到的腳印則分別為多名孩童、一名男性以及被害者的腳印。

法醫解剖的初步結果顯示被害者為氰化物中毒，導致心臟驟停而死。偵查人員便分頭找尋許怡仁可能的債主或仇家、住在附近具有刑事前科者或是曾在這段時間拜訪的熟人是否有購買氰化物的紀錄。

而另一邊偵查人員則調查附近的目擊證人。從巷口監視器調閱出多名進出巷弄的男性，並根據鄰居表示，當天有目擊到一名男性在案發前進入許怡仁家中，並指認了是監視器中的男性仲介。

男性仲介在會面許怡仁之後，帶著他的孩子到速食店用餐，速食店的監視器與發票皆顯示他有不在場證明，不過男性仲介離開後沒多久許怡仁即遭毒殺，時間點過於敏感，被偵查人員認為男性仲介可能是殺了許怡仁之後，再回家帶孩子去速食店吃飯，藉此製造不在場證明。

而男性仲介的指紋也確定與玻璃杯上留有的指紋相符，花瓣上遺留的血液經由DNA鑑識，也確定為男性仲介所留。

偵查人員立即將男性仲介列為首要嫌疑犯，全力追查男性仲介的電磁紀錄和通聯紀錄，李世鎮卻對嫌疑者名單持反對意見。

以毒殺手段犯案的兇手，通常為熟知被害人生活習慣的熟人，知道被害人會使用什麼杯子或喝下哪種飲料，藉以投下毒物毒殺被害人。據房仲業的同事表示，男性仲介與許怡仁在案發以前皆在房仲店裡碰面，只有最後一次決定簽約時才約在許怡仁家中，男性仲介在此之前從未去過女性被害者家中。

而且男性仲介留下過多的證據，證明他曾經來過許怡仁家。如果是預謀犯案，這似乎過於粗心大意；若是臨時起意犯案，應該會有激烈的爭執聲，但根據同層樓的鄰居表示，案發當日並未聽到任何爭吵聲音。

進一步調查男性仲介的過去，李世鎮發現男性仲介獨立扶養一名剛滿七歲的孩子，為了照顧孩子，曾經換了不少工作，父子兩人關係十分要好。假設男性仲介真的對許怡仁有著強烈殺意，又如此粗心大意，那麼被警方逮捕且證據確鑿後，不管是無期徒刑或是死刑，他的孩子都將在沒有父親的照料下長大，對於將孩子作為生活重心的男人，有可能犧牲孩子的未來，犯下殺人案件嗎？

這起刑案的種種疑雲讓李世鎮與偵查方針背道而馳，他著手調查許怡仁的過去，發現許怡仁曾與有婦之夫於汽車旅館多次會面。

這位有婦之夫是許怡仁家教時認識的學生家長，已於一個月前因積欠大筆債務，帶著妻子一起服毒自殺，獨留十歲的孩子。讓李世鎮印象深刻的是跟著自殺的妻子，生前為知名的油畫家。「畫家」讓李世鎮聯想起第一時間看到的命案現場，就猶如一幅畫作般，用美麗的事物遮掩醜陋的死法。

於是李世鎮深入調查了許怡仁與學生家長的關係，聯絡上許怡仁在死前相約見面的女性友人，據資料顯示兩人是從大學認識至今的好友。在多次拜訪下，終於攻破友人的心防，確認了兩位死者生前是外遇的關係。

友人表示，由於學生家長曾答應過許怡仁要和妻子離婚，但允諾的事情遙遙無期，才贈送房產來安撫許怡仁，房屋由學生家長購入，所有權人登記在許怡仁名下，後來因為學生家長投資慘賠，轉而要求許怡仁變賣房產填補他的債務，但許怡仁不肯，兩人爭執完的一週後，男子就帶著妻子一起服毒自殺了。

許怡仁不想讓人發現他們曾經外遇過，急著想脫手房產，未料卻遇上死劫。

最有可能擁有殺害許怡仁動機的就是畫家妻子了，但妻子與丈夫早在一個月前去世，而且被發現時妻子的眼白充血，頸部與臉部都有些微瘀血痕跡，周邊也有破碎的馬克杯，警方一度懷疑妻子是被迫自殺。

那麼，還有誰會想替那位畫家妻子復仇？

那名父母服毒自殺，遺留下來的十歲小孩呢？

身為許怡仁的學生，在父親加班、母親去教油畫的時候，他曾多次來許怡仁家上課。

如果是替遭受背叛的母親報仇，來到家教老師的家中，進而毒殺老師呢？許怡仁對那孩子也許會放下防備，服用了有毒的飲品。

毒殺犯案，就沒有所謂的小孩力氣小，無法殺死大人的說法。

李世鎮想盡辦法說服組裡的偵查人員，將這名孩童也列為嫌疑犯，同組的偵辦人員卻以「對方只是個孩子」或是「若犯案，也一定是從犯」而遭駁回。

「我到她家的時候，發現玄關擺了很多朵……大概有三十朵玫瑰花，所以好奇碰觸，才不慎被玫瑰刺傷，可能因此留下了血跡。不小心被刺到留下了血跡，這會有什麼問題嗎？」

男性仲介在偵訊時向偵查人員這麼回答。

即便偵查人員接受了仲介的說法，但從調閱的通聯與定位紀錄顯示，男性仲介曾到電鍍工廠購買氰化鉀。

「去她家簽約的那天，正巧是我兒子的生日。我想送他獨一無二的生日禮物，所以電鍍了飾品。我是因為電鍍需求才去購買氰化鉀，請你們相信我，真的不是我下的毒。」

即便男性仲介屢次強調自己不是兇手，但購入氰化物的時間點和拜訪許怡仁的時間都過於敏感，且花瓣上留有男性仲介的血跡，種種的跡象都間接證明男性仲介就是殺人兇手，檢察官因此要求偵查人員必須全力追查男性仲介殺死被害者的直接證據。

但最壞的狀況還不只這個，某個離職的笨蛋向媒體透漏首要嫌疑犯的身分是在房仲業工作的男性，這起事件被改稱為「仲介兇殺案」。明明未經審判定罪，不同電視臺的談話節目卻將輿論導向兇手就是男性仲介，經由人肉搜索，更找到了嫌疑犯的身分。

媒體的不斷放送與一面倒的輿論，導致整起刑案最後儼然成了輿論辦案。

警方遭受到長官與外界輿論的壓力，無形之中將嫌疑引導至仲介身上，放棄了其他可能的嫌犯線索。

但這股壓力不僅是壓在警方身上，身為首要嫌疑犯的男性仲介因輿論壓力被迫搬離居住的社區公寓，也被辭退工作，據說他已將兒子交由前妻扶養，並讓孩子改從母姓。

就在警方全力搜查直接證據的時候，男性仲介突然失蹤了。

新聞快訊一夕之間成了最火熱的話題，全民都在追蹤仲介兇殺案的最新消息，看準了高收視率的刑案，新聞台幾乎二十四小時不間斷轉播最新快訊。李世鎮也必須和偵查人員們一起全力找尋仲介的下落。

這些改變讓李世鎮有了不祥的預感，法官真的能在輿論壓力下，公正辦理這起刑案嗎？檢察官是否還會同意他調查其他有可能的嫌疑者？當時全民關注的焦點，全是盡快將仲介繩之以法，根本搞不清楚仲介目前只是嫌疑犯身分。李世鎮甚至認為，當時每位市民起床和睡前的慣例，都是搜尋這起事件的最新動態。

失蹤的三天後，警方在距離仲介住所三十公里外的山區廢棄屋中發現了仲介的遺體，李世鎮當時也在場。看著懸掛在樑上用麻繩了結性命的男人，他不禁疑惑著，獨自逃到郊外以自殺收場的男人真是犯人嗎？

在李世鎮心裡，這還是一起未解決的懸案。回想如果真兇是那名孩子，當時他才十歲，不但毒殺了家教老師，還在臉上留下毀容般的刀傷，至今回想起來仍令李世鎮毛骨悚然。

「世鎮啊，你還在看啊。」吳立仁走進證物室，想說只是來跟李世鎮打個招呼就想去泡茶休息，卻被李世鎮察覺到他焦慮的心情，慢步走來，擋住了他要逃走的去路。

「因為我心裡一直過意不去，如果那名仲介是清白的，那全民和警方都是幫兇了。」

「我知道你一直想要重啟調查，但沒有新的證據要怎麼重審？我啊，當你是朋友才這麼說，退休前還是消極低調點好。」

李世鎮盯著吳立仁那對像彎月一樣笑咪咪的眼睛，將一份報告擺到吳立仁的面前。上頭是死者王家禎鑑識的初步結果。「頸部甲狀軟骨骨折，眼白點狀出血，五官遭兇手毀容。由於臉部充血但並無明顯浮腫，初判是勒斃致死後才進行的毀容。」

吳立仁不想一大清早就看這些慘死的照片。會這麼早來還不都是因為李世鎮要借閱那份大家都不能提的報告書，他只好趁長官還沒上班，將資料借給李世鎮看。

但吳立仁對於李世鎮會察覺到他面有難色不抱太大期望，只好冷漠地回著：「然後呢？」

「如果他的目的是殺了對方，那他已經達到目的了，為何還要在死後把對方的臉割爛？你不覺得手法和十六年前的懸案很像嗎！」

吳立仁立刻把食指放在嘴邊說：「噓，小聲點。誰知道殺人犯的心裡在想什麼，死了之後毀容對方，也不是只有十六年前的兇手做過。」

「等第二位死者劉義德的初步結果出爐，如果兩起刑案為同一人犯案，我會對十六年前的案子提出重審。」

「在你眼裡，這起案子是輿論辦案，但有沒有可能其實是你的主觀意識，以『仲介不是兇手』為出發點在找尋證據呢？辦案就是講求客觀與證據，證據會說話，事實證明仲介就是犯人啊！」

「行兇的刀具和毒粉證物至今仍未尋獲，無法斷定仲介就是殺人犯。」

吳立仁想盡辦法要阻止李世鎮，畢竟他和李世鎮是多年好友已是警界都知道的事實，要是李世鎮捅出婁子，那他必定會被連帶調查，想到安穩的生活可能因此受到影響，便急忙勸說：「就算退一千萬步想好了，那孩子就是殺人犯，當時他才十歲，兒童犯罪是不會進入司法程序。十歲就會犯下這麼恐怖的殺人案件，那根本就是惡魔轉世，也許長大就毀滅世界了，所以呢？世界毀滅了嗎？」

「我們的工作就是將真兇逮捕歸案，讓兇手負起該有的刑責，替被害人伸張正義，為冤死的人平反！我們已經做錯一次，不能再往錯誤的路繼續走下去。嫌犯選擇殺人，就該付出代價，不管年紀多小或多老，都得為自己的選擇付出同等的代價。」李世鎮將檔案放回書櫃，顯然不被吳立仁動搖。

「世鎮，以我和你的交情，只能奉勸你一句。你想想，按照你以前跟我說的，那孩子會裝乖，乖乖地接受感化教育，長大成人之後最想報復的第一個人是誰？肯定是你，搞不好他覺得殺了你很無趣，就將對象轉移至你唯一的兒子喔！按照你說他如此狡猾，一定知道兒子就是你的弱點。」

吳立仁明白一提到的「家人」李世鎮就猶豫了。李世鎮跟妻子離婚之後，便覺得愧對兒子，如果兒子還出事，李世鎮可能會為此崩潰。

吳立仁就抓準機會，更加勸退李世鎮：「你這麼衝動會連累到家人啊。我現在也知道你不說話腦袋裡想什麼。如果對方傷了你的家人，你一定會以牙還牙吧，然後就變成我來逮捕你。所以為了防止事情變成這樣，你就安靜地度過警界的最後一年吧。」

當吳立仁佩服自己很有說服力，甚至認為已經脫離了這個惡夢，可以去泡杯茶放鬆一下的時候，李世鎮又抓住他的肩膀，將一張Ａ４紙遞給他。

「看在我們交情的份上，幫我調查這些人的電磁紀錄，我想知道他們在王家禎死亡時的定位資料。你知道我跟檢察官申請調取票的成功機率只有兩成。」

吳立仁快速瀏覽資料內容，這些是畢業於健興國小六年某班的學生名冊。「幹嘛又要調查小學生啊？」

「王家禎和劉義德都曾就讀這所小學，是同班同學。」

吳立仁終於明白，原來鬆一口氣，就是這麼短短幾秒的事情啊。他看著李世鎮，只覺得自己真該重回過去，最初待在警校時，就不該主動跟李世鎮打招呼。

「唉，我就幫你最後這次喔。」

季曉決意要去上學的隔天正巧碰到週日，這種感覺就像在寒假結束前決定去操場運動，結果碰上大雨一樣，鬥志瞬間降為零。

季曉只好待在家屬休息室的躺椅上翻來覆去，最終轉向休息室門口。

手術結束後，陸毅鋒被轉入加護病房，麻醉應該要退了，但至今陸毅鋒卻尚未甦醒。在無法會客的期間，季曉一直待在醫院提供的家屬休息室，也多虧有了週日一整天的休息時間，季曉不但補充了體力，也重新調查過砲灰周邊的角色資料。

原以為兇手會從定位分享看到他的所在位置，進而在醫院現身，結果待了一整天也是徒勞無功。

「季曉，其實我一直都想……再見你一面。因為季震老是跟我說，你是他驕傲的兒子……」

季曉思索陸毅鋒說的話，這到底是什麼意思？陸毅鋒認識他的父親嗎？

陸毅鋒對殺死兇手異常執著，難道之前也認識兇手嗎？

兇手只不過是這部小說裡的角色，又不是現實人物，陸毅鋒怎麼可能與對方認識。

不對，如果陸毅鋒也穿越進小說裡，就表示比陸毅鋒離他更近的陌生男子，闖進父親住處要殺死他的男人——極有可能也進入了這本書中，假設那個人剛好扮演了兇手的角色……

「唉。」想到這裡，季曉不禁嘆了口氣。

這些問題只能等到陸毅鋒醒來後才有可能得到解答了，思及至此，季曉趕緊甩了甩頭，從堅硬的躺椅上坐起身。

週一早晨六點，平常這時間他已經起床泡咖啡，準備到學校上班了。

季曉在現實中也讀過研究所，而他在念完碩二後順利畢業，也如期進入論文指導教授的研究室，擔任其助教的職位。但在書中，他所扮演的砲灰角色讀到碩四都還沒畢業，想必……他們跟隨的教授應該是個狠角色。

季曉決定去盥洗一番，今天得進研究室，他必須讓自己看起來更有精神點。

季曉在廁所花了些時間打理好自己的外表，從鏡中看著和平常沒有兩樣的臉，並轉過身瞪著外套背後看起來頗嚇人的老虎刺繡。

現在手邊只有砲灰原先的角色服裝，以及他為了在美式餐廳偽裝所買下與自己形象不符的服裝。經歷了格鬥運動館魔鬼般的訓練後，砲灰原先的衣服早已臭掉，季曉別無選擇，只能換上這件刺有白鶴老虎的黑色運動外套以及寬鬆的上衣長褲。

今天得找個時間把臭衣服拿去自助洗衣店洗乾淨，季曉決定完，便快步返回家屬休息室。

途中，他發現李世鎮來到醫院，正站在陸毅鋒所處的加護病房外頭。

而季曉根本不用出聲打招呼，李世鎮就和他料想的一樣，馬上就發現他走來，並轉身跟他說話。

「現在離可以進入加護病房還有段時間，要不要跟我一起吃早餐？」

反正去睡覺也只會做惡夢，季曉看了一眼陸毅鋒的病房方向，便點點頭。

「也好，去曬個太陽。」

原以為李世鎮會帶他到醫院附近的早餐店，季曉沒料到李世鎮居然騎車載他到某公立高中附近的早餐店用餐。

季曉心想，這間早餐店大概好吃到能讓李世鎮不惜騎二十分鐘車程也要到這裡吃早餐的程度吧？

然而在他嚥下塗滿美乃滋的火腿蛋土司之後發現，這跟他高中時期吃的土司味道很像，不算難吃，但頂多只是填飽肚子的程度而已。

季曉喝著冰奶茶，偷瞄向不知道在觀察什麼的李世鎮。

李世鎮在走進早餐店前，就戴上漁夫帽和太陽眼鏡，看起來是在偽裝。

難不成，李世鎮會選擇這間早餐店，是跟刑案有關？在跟蹤嫌疑犯嗎？

季曉順著李世鎮的目光瞄向某一桌的高中學生群，很快地，他便發現其中之一的男學生，正是李世鎮家中那張全家福照片上的男孩——李世鎮的兒子！

即便離婚，對方依然是李世鎮的兒子，季曉不明白李世鎮為何不去跟兒子打聲招呼呢？

當早餐店的小女兒替季曉這桌送上蛋餅時，李世鎮叫住了對方，並給對方二十五元，

「我叫一份熱狗給那桌，妳說是妳們店裡招待的。」

小女兒看了看二十五元，因為熱狗只要二十元，覺得自己賺到了，就開心地跳回櫃檯，跟媽媽轉述了李世鎮的話。

「沒想到您這麼不乾脆。」季曉再咬了一口火腿蛋土司，不久後，李世鎮的兒子那桌傳來了騷動。

「欸，為何每次跟李霄吃早餐，都會被招待熱狗啊！你該不會是早餐店老闆娘的私生子！」李霄的友人說完，立刻被老闆娘撞了一下。

「我老公在場，別亂說話。」老闆娘說完，立刻看向李世鎮，當李霄也不經意看往這裡的時候，季曉立刻起身，假裝去拿辣椒，順勢擋住了李霄的視線。

回到座位，李世鎮悄悄向季曉道謝。

「您不露臉，兒子不會察覺到您的用心喔。」季曉說著。

「這樣就夠了，我沒臉見他。」李世鎮說完，便沉默了下來。

既然李世鎮是想關心兒子的近況，季曉就豎起耳朵，替李世鎮偷聽一些情報。

「所以說你是不是該說實話了，生日那天有告白嗎？」李霄那桌傳來了聊天聲音。

因為李世鎮坐在背對他們的方向，季曉主動替他觀察現況。

就見李霄拿出手機，其他三位朋友湊近一看，隨後一陣喧譁。

「靠，已經在一起了，你也太快了吧。」

「這盤熱狗是我們的了，現充滾。」

說到熱狗，季曉以前念高中時，早餐店老闆娘也時常招待他一份熱狗，他也曾被同學調侃是老闆娘的私生子。

思及此，季曉突然停下所有的動作。

他對著李世鎮先是皺眉，不一會兒又帶起淺淺的笑容。

原來是這樣，原來如此……

「容我再說一次，您真的一點都不乾脆呢。如果想見兒子就大大方方地去見，不然他永遠不會知道您一直都在關心他。還有，不要每次都請熱狗，偶爾換個薯餅還是雞塊也不錯。」

「你的提議很好，下次就請薯餅。」

季曉繼續埋頭吃著土司，既然這是父親寫的小說，他以前得到的招待，說不定就是父親請的客。

父親是不是有默默關注著他的生活？就如同他默默關注父親的作品那樣。

此時的季曉並不知道自己的心情已被這突然得知的真相所影響，不管是說話、吃飯速度都變得愉悅快速。

兩人愉快地聊了些日常的話題，像是季曉很好奇的警察作息時間，而李世鎮也很樂於跟季曉分享派出所裡發生的靈異事件，聊到李霄那桌的學生都走了，兩人依然留在早餐店內。

李世鎮突然表情嚴肅地盯著季曉，「我可以請教你問題嗎？有關健興國小的事情……」

李世鎮的問話也讓季曉迅速回到了「不可以掉以輕心」的狀態。畢竟現在不是沉浸在歡樂氣氛的時刻，只要一有閃失，就有可能被兇手殺掉。

季曉趕緊點點頭，必須讓李世鎮盡快找出兇手的身分，為此他願意全力配合。可是他又想著，這是小說世界，是父親依照現實所改編的世界觀，那他按照現實的經歷回答，應該不會有錯吧？

「你在小學五、六年級的時候，有什麼特別的回憶嗎？像是運動比賽、校慶或是校外教學之類的活動中有發生什麼意外嗎？還是說有沒有誰讓你印象深刻？」

季曉盯著擁有父親外貌的李世鎮，藉由看著父親回想過去。

印象中父親有特別照顧幾位學生，其中一人曾短期住過他家。

那位學生有幫他慶生，然後曾對他……

季曉摸著彷彿被勒住的頸部，心底突然湧起一股不適的恐慌感。曾因為恐懼而遺忘的片段記憶，一時之間全浮現在眼前。

慶生的那天晚上，對方趁他睡著時勒住他。他為了抵抗並引起父母的注意，刻意弄倒周邊的鬧鐘和相框，父親聽到噪音後立刻衝到他的房間，才即時救了他一命。

「我們班上有位轉學生，是小五轉來的，他家裡似乎發生了狀況，所以後期都沒去上學。我爸是班導師，與校方商量過後就先讓他住在我家。後來他逃走了，我們都不知道他去了哪裡，報警也找不到人……」

李世鎮將季曉講的話抄進隨身攜帶的筆記本。「能請問你他的名字嗎？」問出這句話的同時，李世鎮其實已經有了答案。那個男孩，就是服毒自殺的夫妻所遺留下來的孩子。

「他叫徐皓楠。」

「助教，你怎麼這麼早就來了？」

美玲因為昨晚上大夜班，睡不著覺就早點來學校吃早餐，未料助教已經待在系辦了。她興奮地來到助教的身邊，同時觀察到助教正把手機藏於外套口袋中。

美玲在學校不太與同學交流，預想那些同學一旦知道她的本性就會疏遠她，所以大多時間都在系辦打工。平常時間，助教的周圍總是圍繞不少學生，尤以女性居多，所以她認為現在能獨占助教身邊位置的自己是全世界最幸運的人！

美玲擅自坐到助教旁邊的空位，把早餐拿出來吃。

「助教你在忙什麼？」

「在寫報告。」

助教從美玲發現他到吃早餐的這段期間，雙手都沒停過，鍵盤聲有節奏地響著。急促的速度引起美玲的興趣，湊近助教的螢幕看，眼前是一片由英文和符號拼湊出的文章。她雖然很仔細閱讀每一個字，但所有的單字都難以理解。

「助教，你在亂打字嗎？」

助教沒回答，只是抿嘴淺笑。他將英文字母重新編輯成了只有自己看得懂的暗號，他以外的人自然是無法在短時間內看懂。

既然無法從助教的報告中找話題聊，美玲又坐回位置，一邊吃著蔬菜蛋餅，一邊觀察正努力打報告的助教。因為她總是跟姊姊們炫耀助教有多麼完美至極，但礙於手機裡的全是從遠處偷拍的模糊照片，姊姊們始終不相信她的話。而現在就是能近距離拍攝的大好機會，她怎能錯過！

美玲偷偷拿起手機，稍微把辦公椅往後退一些，喬好角度，從斜後方準備偷拍一張助教的側臉。指腹正要滑到拍照鍵時，助教倏地轉過身，奪走了她的手機。

「別拍我，我不喜歡拍照！」

美玲的手疼了一下，她的痛是因為昨晚幫太多人化妝，忙到手的舊傷復發。她摸著手腕，無辜地接收助教突然變為凶狠的眼神，也許是助教平常總是和顏悅色，極大的反差讓美玲什麼話也不敢說。

只是在助教檢查她的手機時，雙眼依然不離助教那張被女學生推崇的臉蛋。

不知道助教會在什麼時候拿掉眼鏡，做那件事的時候肯定會拿掉吧？

助教確認沒被拍到照片之後，將手機歸還給美玲，並不在乎美玲的愛慕眼神，或是說他根本不在意學生對他的各種情感。

他繼續打著報告，美玲默默地吃著早餐，滿腦子想著要怎麼做才能拉近和助教的距離。

她吃一口，偷瞄一眼，想找好時機開新的話題。

「美玲，妳現在還在幫人化妝嗎？」

助教主動丟出了話題，美玲當然樂意回答：「昨晚我還幫人化殭屍妝呢！最近客人對特效妝的要求越來越誇張。」

助教突然轉過身面對美玲，臉又變回以往溫柔的模樣。「我可以請美玲幫我一個忙嗎？但這件事是我們兩人的祕密，別跟任何人說，可以嗎？」

美玲沒想到會被助教摸頭，不過她想要的根本不是這種撫摸，既然是要保守祕密，那她還想要更多與助教共享的祕密。

她用擦有鮮紅色指甲油的手指摸向助教的手臂，並一路滑至助教無名指上的戒指。

「助教，要讓我保守祕密的方法，就是製造一個我們兩人共同的把柄，這樣我就不會跟任何人說出這件事。」美玲打從見到助教的第一眼就知道他們是同類型的人——活著的意義都是為了滿足自己慾望。

助教就讓美玲牽起他的手，並將手帶往她的臉龐，慢慢往下帶入胸前。

美玲主動摘掉助教的眼鏡和口罩，發現助教的臉上有被打傷的瘀青，明白助教是想要她幫忙遮掩傷口，既然如此，那她多索取一些小費也不為過吧？這麼想著，她便微微張開殷紅的雙唇，直接吻向助教那張不知被誰打破皮的嘴。

這個吻激起了助教先前意猶未盡的慾望，他從美玲的後腦杓往前壓，熟練地在美玲的口中索取更多能激起他慾望的熱流。

當助教閉上雙眼，黑暗的視野裡卻看見了某人的身影。

真是麻煩……

季曉將安全帽交給李世鎮，這陣子連續發生兩起兇殺案件，想必李世鎮的工作比以往更為忙碌，原先想自己去上學，但李世鎮仍以保護他為理由，吃完早餐就載他到就讀的大學院校。

「今天我會很認真地當個好學生。」季曉說。

「你每天都必須這麼做。那我先走囉，有事打給我。」

李世鎮拉下安全帽鏡片，抓緊時間，騎車前往下一個目的地。

季曉也轉過身，前往他該去的地方。

季曉確認手機裡的定位系統所分享的名單中並沒有「徐皓楠」這個聯絡人。自從徐皓楠逃離他家之後，父親和警方都全力找尋徐皓楠的下落，據說是跌落山谷，行蹤成謎。

但是，徐皓楠存在於現實世界，在這本小說裡也會存在這個角色嗎？就他目前看到的連載進度，還未出現這個人的名字。如果存在於小說中，父親搞不好會修改徐皓楠的名字，像叫做徐「浩」楠或是徐皓「南」，不知道方才跟李世鎮敘述這個人的名字時有沒有錯誤。

季曉收回思緒，等待著號誌燈由紅轉綠。在去研究室之前，他得先去一個地方才行。

季曉走向大學院校對面的學生宿舍，來到４０３號寢室。裡頭有兩位室友還在睡覺，於是他小心翼翼地走入寢室，從架高床底下的衣櫃拿取換洗衣物。他由衷希望打開寢室衣櫃後，不會看見一排同樣的角色服。

當他深吸口氣用力拉開衣櫃門時，比其他人早起的室友回到寢室，從季曉身後發出聲音：「季曉學長，你這幾天都睡木工廠喔？」

季曉抿緊嘴，在心裡嚇得差點罵出髒話來，但態度依舊冷靜。他盯著衣櫃裡不同款式的上衣和牛仔褲，慶幸父親在創作時沒有將砲灰設定為只穿同一套服裝的角色，至少服裝方面讓他放心不少了。

「我有事在忙。」季曉側頭瞄著將吸管插入袋裝豆漿的室友，想必對方已經吃過早餐了，他不想把心思放在配角身上，從衣櫃裡拿出後背包，就火速將幾件上衣、牛仔褲和貼身衣物全塞進包包裡。

不過那位室友也跟著他蹲下來，湊近對著他說：「季曉學長，我剛在系辦遇到助教，他在看碩四的名單。」

季曉沒停下手邊的工作，「然後呢？」

學弟指著季曉的側頸，這一碰，季曉突然抖了一下。

「然後我就看到助教的頸部有吻痕耶，他無名指上不是有戒指嗎？那是未婚妻種下的吧？」

「我不清楚耶。」季曉對別人的感情世界不感興趣，而且配角主動告訴他這些，也許是要引導他走向死亡路線。經歷格鬥運動館之後，他一概不想搭理配角們所說的話，不過季曉也知道，光是反應冷淡是無法阻止配角的對話。

「難不成早晨的系辦裡，助教做了不為人知的那件事！要是我們抓到助教的把柄，搞不好就能順利畢業了。」

季曉摸著學弟的頭，把那本來就不整齊的頭髮又搔得更亂了。「老老實實地考試寫報告寫論文，才是順利畢業的唯一途徑。」

「學長說的話沒有說服力，都已經延畢到碩四了，證明這方法行不通。」

說得也是，不過季曉又找到了安慰自己的方法。「或許教授捨不得我畢業？好了，我先走囉，你也要好好上課。」

季曉趕緊揹起背包，不想與配角多聊天。

季曉瞪著宿舍裡每一台洗衣機都在運轉中，短時間之內是不可能用免費的洗衣機了，他只好離開宿舍，前往學校附近的自助洗衣店。

明明只是洗一件衣服，順利將臭衣服投進滾筒洗衣機裡時，季曉卻有如釋重負的感覺。

「季曉？」

低沉又沙啞的聲音從季曉的左後方傳來，一聽就是抽了太多菸或是得重感冒而啞掉的音質。季曉扭頭看向來人，戴著銀框眼鏡、白色口罩，將過長的頭髮紮起小馬尾的男人似乎跟砲灰很熟，直接坐到季曉的身邊。

季曉努力回想這位角色的造型，怎麼想父親的作品裡都沒有紮起小馬尾戴眼鏡的角色。

「週日我收到阿玖替你交的作業了。」

對方正側眼盯著他瞧，這眼神讓季曉備感壓力。一開始穿越到小說時，砲灰正在做作業，因為季曉擔心被殺所以從木工廠逃走，作業也就不了了之。

沒想到阿玖最後替他加工完成，身邊的這個男人肯定知道他的作業是阿玖幫忙做的，所以才會用質問的口吻和眼神來觀察他。

「抱歉，我這幾天得腸胃炎，是阿玖替我完成作業。」

男人嘆了口氣，「我想也是，你總是主動留下來趕工也準時交件，非不得已，否則不可能讓阿玖來完成。那你身體好多了嗎？」

「好多了，謝謝關心。」

季曉觀察著男人的眼神，發現男人的頸部有個紅印，那看起來真像個吻痕，瞬間想起宿舍學弟說的話，對方是系上助教。

還好對方的衣服已經烘乾，並未久留於此，只是提醒著季曉：「今天教授會進研究室，記得要提早來。」

季曉對他點點頭，觀察著助教拿取衣服的手，從手腕一路看至右肩。

衣服底下似乎沒有紗布或貼布這種治療傷口的東西，但依照兇手的個性，就算受傷，肯定也用了什麼辦法，讓外人看不出裡頭有用貼布或繃帶之類的吧。

助教也是個熟悉砲灰課表與生活作息的角色之一，加上戴著這種看起來是老好人設定的眼鏡，也許是剖開後肚子全黑的壞蛋。

助教離去前，對季曉揮手道別，季曉也緩緩地擺手。雖然口罩遮住了助教的半張臉，但其他地方看起來也沒有瘀青的痕跡。

季曉持續微笑著，避免被助教發現自己正在懷疑對方。

就在季曉忙著應付新登場的角色時，李世鎮來到鑑識中心。

在與鑑識人員會面之前，他先和吳立仁通電話。

在電話中得知徐皓楠已於兇殺案的當年失蹤，監護人也在他失蹤七年後向法院聲請死亡宣告。

「資料真是這樣記錄？你有看仔細嗎？」

李世鎮請吳立仁追加調查徐皓楠，沒想到徐皓楠已經失蹤超過七年。

「有沒有差不多時間，在山區落難的同年齡孩子？你問我為何調查這個？如果徐皓楠死了，就表示他以別人的身分繼續活著不是嗎？我不是作家，不是在編故事。要是有雙親過世的失蹤孩子，徐皓楠就有機會殺死對方並扮演對方活下去了不是嗎？你有空就幫我找找那段時間在山區失蹤的孩子。」

李世鎮結束了與吳立仁的通話，他認為自己絕對不是主觀想把罪放到這孩子身上，也不是以仲介不是真兇的出發點主觀調查這起刑案。但對於吳立仁來說，他的確像在針對徐皓楠這孩子。

李世鎮深吸了口氣，將這份矛盾的心情先擱在一邊，與負責調查劉義德命案的鑑識人員會面。

鑑識人員表示，透過嫌犯遺留在現場的彈殼，依照彈底紋路和大小，實驗出嫌犯使用的是九〇手槍，是警方先前淘汰的舊型槍枝。而監視器畫面雖然未清楚捕捉到嫌犯的外貌，但可以從輪廓推估嫌犯的身型與體重。

「雖然在劉義德的案發現場無法取得監視器資料，但在劉義德的手上、陸毅鋒所使用的小刀以及王家禎經營的燒肉店裡皆採集到嫌犯的血液，經過DNA比對證實殺害王家禎、劉義德與傷害陸毅鋒為同一人所為，我們已將此人的資料做DNA紀錄。也就是說這是一起連續殺人案件。」

「今後若有採集到嫌犯的指紋我們會比對指紋資料庫，找到嫌犯身分會再通知您。」鑑識人員翻著資料，又繼續說：「另外，我們收到北區分局副分局長的電話，您說要重新檢驗十六年前的證物，這可能有些困難。有幾件證物上頭遺留的細胞量不足，不具有二次檢驗的證物性。」

鑑識人員將幾件證物退給了李世鎮。

李世鎮原先想著，以現今DNA鑑識技術肯定能從證物中發現十六年前未曾找到的第二位嫌疑人。但證物都已經放置十六年了，這也算在預料之中的結果。不但心中所懷疑的兇手已失蹤，十六年前的證物也不具有證據性，這些不利的發展讓李世鎮的滿腔熱血遭受打擊。

從李世鎮身後傳來了低音，這聲音足以讓他低迷的士氣再度燃起希望。李世鎮頭也沒回，便知道來人是鑑識中心主任葉宗漢了。而本來和李世鎮交談的鑑識人員，立刻向對方恭敬地打著招呼。

「世鎮，你來啦。」

葉宗漢拍著李世鎮的肩膀安慰道：「有幾件證物我會再試看看，驗出新的結果會第一時間通知你。」

「那就萬事拜託了，葉主任。」

「老交情了，不用客氣。對於十六年前的事件我也感到很遺憾，未能找到直接證據。但我相信鑑識技術不斷地進步，肯定能查出十六年前未能看見的痕跡。」

季曉揹著裝滿衣服的行李進到所屬研究室，一眼就見到正對他招手的阿玖。他火速坐到阿玖旁邊的位置，把李世鎮請他喝的冰奶茶還有筆袋、筆記本都放到桌上，當作自己已經來很久的模樣。

如果回到現實的先決條件是要讓砲灰順利畢業，這對季曉來說就有困難了。他研究過砲灰的論文題目，完全不是他的領域，不過幸虧砲灰也讀了快四年，論文大致的內容與架構都已經完成，僅剩指導教授挑出來的幾個問題了。

季曉作勢裝忙了一陣子，阿玖突然雙腳一蹬，推著電腦椅貼到季曉身邊，在他耳畔輕輕吐息著：「我們的季曉是不是談戀愛了？」

季曉捂著被強迫接收吹氣的耳朵，瞪向一臉想聽八卦的阿玖。

「為何這麼說？」

「你週五晚上交到女朋友，週六去運動館跟女朋友玩一整天，週日陪女友在醫院待一整天……該不會，你們週休二日做了不可描述的事情，然後女友就去婦產科報到！喔、幹嘛打我！」

季曉收回拳頭，「最好是可以這麼速戰速決！一般來說應該會問我有沒有受傷吧？」

「那有嗎？」阿玖上下打量著除了脖子好像有曬傷的紅印之外，幾乎是健康寶寶的季曉，「很健康嘛！」

「是啦，我沒事，但我朋友受重傷。」

「你朋友是誰啊？居然有我不認識的人！」

「陸……」季曉突然抿緊嘴巴，「陸毅鋒」這名字在本作已是最受歡迎的樂團成員，如果不小心說出口，恐怕會被阿玖纏著追問，於是他改口說：「就是在運動館認識的健身朋友。」

「喔，可惜我女友不喜歡充滿汗臭味的地方，不然我就帶女友跟你們一起健身了。」

季曉瞪著二十四小時都想跟女友黏在一起的阿玖。在砲灰的記憶裡，阿玖高中時被秦梨拒絕後可是哭得死去活來，現在卻三句不離現任女友，人真的這麼容易變心嗎……

既然提到女友了，阿玖就直接拿出手機炫耀女友的照片，「漂亮吧？還有這張，但是泳裝照不會給你看。」

由於兩人專注著聊天，沒留意到有人站在他們身後，輕輕地咳了一聲。

季曉回頭一瞧，就見是早上碰過面的助教，助教用那沙啞到不行的聲音對季曉說：「我待會要和教授一起去拜訪大學部要實習的設計公司，你可以幫我把訂購的教材拿到系辦嗎？順便有些資料要請你幫我整理。」

即便季曉現在是作業找人幫忙完成，有錯在先的學生，但對於配角的要求，季曉仍想要嘗試反抗，「我可以跟阿玖一起去嗎？」

「喂，幹嘛拉我下水。」阿玖小聲抗議。

「阿玖還有城市專題報告要交。不然這樣吧，我找美玲幫你。美玲！妳知道我要處理的資料是什麼，跟季曉一起把包裹拿來系辦。」

季曉瞄了一眼坐在秦梨身邊的女孩。

相對穿著黑色皮衣、戴著黑色頸圈的秦梨，美玲則是身著森林系感的小碎花洋裝，兩人的穿著風格實在差太多，季曉不免多看了幾眼研究室裡唯二的女性成員。

美玲對助教勾起淺笑，「知道了，助教！」

助教交待完事情，就迅速離開研究室，季曉則觀察著美玲此時的目光順著助教移動，不一會兒擺到季曉身上，邊打量他邊擺出一張臭臉。

「呆站著幹嘛，快走啊！」

季曉不禁認為，眼前的女孩從森林系瞬間變成了太妹風格。

季曉跟著美玲去收取常溫包裹，旁邊正好停了一台低溫宅配貨車，季曉看到的第一個想法是——該不會這次的死法是被鎖在冷凍車廂裡二十四小時之類的吧？

美玲從宅配員手中接下大大小小的包裹，把那些放到季曉的推車上，並催促季曉：「快來拿啊，你真的很愛發呆耶！」

季曉趕緊把最重的壓在最下方，並依照紙箱大小排列。

他是在思索，不是在發愣！但季曉不想把她的話看太重，如果跟她生氣，搞不好會邁向死亡路線。

美玲在收據單上簽名，季曉偷瞄著對方的全名，魏美玲，他對這角色實在沒什麼印象，應該只是個配角吧？

因為系辦提供的推車只有一個，季曉就拉著所有的包裹，美玲則兩手空空地走在季曉的身旁。

「季曉，先跟你說一聲，我的目標是助教喔。」美玲冷不防地對季曉說了類似情敵宣言的話，這讓季曉無語地瞪向她。

「姑且先預防你跟我搶同一個對象。」

沉默了半晌，季曉還是忍不住抗議：「為何要對我說這些？」

季曉對美玲的話頗不贊同，睨著她說：「我看起來像會喜歡男生嗎？」

「喜歡這種事是很突然的，誰知道你會不會突然喜歡上助教！而且你看著我和秦梨的時候，感覺不出是用異性的眼光在看，你對我們根本不感興趣。」

「為何我就得對妳們感興趣？因為妳們是女的？我又不是見一個愛一個，我對任何人都沒有興趣。」

季曉說完，美玲就放慢腳步，跟他並肩走著，但季曉認為對方是在觀察他的表情。

「我不相信你沒有性慾。」

「我們並沒有熟到可以聊這些。」季曉不想和沒有聊天底線的人繼續辯論下去。

不過美玲沒有因此停住話題，「難道你從來沒有遇過會讓你心動的對象？」

季曉沒有回答美玲的話，但腦中卻下意識找尋最近心跳加速的時刻。

——一旦殺了人，人生就註定走向悲劇了。

季曉回想起自己竟然是以抱著陸毅鋒的姿態說出這句話，陸毅鋒當時正在洗澡，是裸體吧？他為了阻止陸毅鋒離開，根本沒想這麼多就從身後緊抱住陸毅鋒，那時的心跳似乎跳得很快。

美玲瞄了一眼季曉，接著對系辦的方向大笑了幾聲，「看吧，這不就臉紅了，還說什麼對任何人都沒興趣。我看你只是裝模作樣的小學生而已，戀愛經驗幼稚園。」美玲撞開了季曉小跑步地邁前，比他早一步抵達系辦。

季曉不想跟著加快腳步，因為他根本就不認同美玲的說法。

季曉認為自己單純是因為抱了裸體的人而害臊，而且那時候急著要勸陸毅鋒別殺人，才會緊張到心跳加速！

晚間，季曉夾帶著強烈的罪惡感來到加護病房，都怪美玲亂說話，又強加他工作，害他在系辦忙了一整天。

好在醫院晚間也有開放加護病房探病時間，季曉匆忙地洗手洗臉再換上隔離衣，進到陸毅鋒的病房。

當季曉進去病房時，護理人員正待在陸毅鋒的床邊。術後已經超過四十小時了，陸毅鋒還處於昏迷狀態。他和護理師確認了陸毅鋒的身體狀況，陸毅鋒並無其他異狀，只是還未甦醒。

季曉就待在床邊，試著跟陸毅鋒說點話。

「看到你這個樣子，我很對不起你，如果我能按照你說的，先把兇手殺死，你就不會躺在加護病房裡了。」

季曉撫摸著陸毅鋒的手，試著用觸覺喚醒陸毅鋒。

「可是，我還是做不到害怕被殺而先動手殺人的事……請你原諒我，我無法違背自己的信念。」

就在季曉懺悔的片刻，有人推開了大門。李世鎮也換上隔離衣來探訪陸毅鋒的情況。

「還好嗎？」

也許是被李世鎮發現了自己臉色很難看，季曉趕緊搖頭，說：「沒事，只是陸毅鋒還沒醒。」

李世鎮凝視著陸毅鋒的睡臉，十六年了，他永遠忘不了不斷向警方、對外界說自己不是兇手的仲介。

李世鎮堅信，所有被扭曲的事實終將重回正軌，正義最終能取得勝利。

「陸毅鋒，趕快醒來，我們要一起將真兇繩之以法。」

季曉側眼看著李世鎮說完後只是看著陸毅鋒的臉，沉默了許久。要說出接下來的這句話，似乎用盡了李世鎮今晚所剩不多的體力。

「你的父親叫做連譽祥，對吧？抱歉……當時的我沒能幫上忙。」

當李世鎮喊出這個名字時，季曉發現陸毅鋒的手指有了動靜，他趕緊握住那隻微微抖動的手。

陸毅鋒緩慢睜開雙眼，喚醒他的——是他最愛的爸爸「連譽祥」這個名字。

第五章　致我的英雄

「那我們出發吧。」

連譽祥幫兒子穿上外套，因為兒子由下仰視他的模樣實在太可愛了，令他忍不住蹲下來抱緊兒子。

「把拔，我要抱高高。」

連譽祥起身時順道抱起兒子，一手轉開門鎖。

希望這孩子在不如人意的環境中堅「毅」不撓，擁有照亮前景的「鋒」芒，「毅鋒」是連譽祥這世上唯一的親人。

縱使與妻子離婚，獨自扶養小孩，連譽祥也未曾感到一絲辛苦，只要跟毅鋒生活在一起，他就有活下去的動力。將毅鋒養育成人，是他最大的心願。

「連先生，要出去玩嗎？」

隔壁的葉太太正好要去菜市場找擺攤的朋友聊天，而連譽祥則向她點頭打招呼。

「今天是毅鋒的生日，我們要去吃生日大餐。」

「毅鋒看起來很開心，你一定是訂了他喜歡的餐廳。」葉太太是這棟公寓裡最會察言觀色的鄰居。

連譽祥也跟著葉太太一起注視著毅鋒，突然被關注的毅鋒立刻摟住爸爸，害羞地把臉埋在爸爸身上，說：「我要吃海鮮披薩！」

「今天毅鋒生日，毅鋒最大，你愛吃什麼都點。」

葉太太對父子二人投以溫暖的笑容，因為她總是看見他們膩在一起的身影，還記得連譽祥剛住進這棟公寓時是擺活動攤販謀生，當初問他這麼年輕為何不找個收入穩定的正職工作時，連譽祥跟她說這樣才能把毅鋒帶在身邊工作。

「毅鋒，你爸爸都是以你為前提在計畫人生喔，以後要孝順你爸。」葉太太摸著毅鋒的頭。

「您說得太艱深，毅鋒現在可能聽不懂。」

「以後，他回想起來就懂你有多麼愛他了。那我走了，不打擾你們的親子時光。」葉太太一拐一拐地往前邁步。

就在這時，連譽祥的手機響了，是客戶的來電。

連譽祥將毅鋒放穩在地上，說：「爸爸先接個電話，等我一下。」他一面聽取客戶的要求，一面注視毅鋒正撿起葉太太不小心落下的便條紙。

「您明天有事要改今天簽約嗎？嗯……」

這要求令連譽祥感到十分為難。他是在毅鋒上幼稚園大班後，可以暫時由老師協助照顧才結束擺攤工作，並經由朋友的介紹，轉職為不動產仲介。

而這位女客戶欲脫手一間主建物不到十坪的捷運小套房，因為地點極佳，又是年輕人負擔得起的小坪數物件，店長曾囑咐他務必要拿到專任委託。

好不容易得到女客戶「許怡仁」允諾要在明天簽約，對方只是臨時改成今天簽，他不能推掉這項工作。但今天是毅鋒的七歲生日，他更不能讓毅鋒獨自一人度過這麼重要的日子。

想要兩全其美，就得把兩個行程都壓縮一些時間了。

「好，我待會到您府上拜訪，謝謝您。」

連譽祥掛斷電話並蹲了下來，從毅鋒的手中取走沾了點灰塵的便條紙，將之放到葉太太家擺在公用走廊的鞋櫃上，又再度蹲下。

「毅鋒，爸爸剛剛突然接到一項緊急任務，要花大約一個半小時才能完成。爸爸會用最快的速度回家，你能不能乖乖待在家裡等爸爸回來？」

毅鋒眨了眨那對純真的大眼，現在爸爸的表情就像面對房東、面對某些客人那樣充滿了歉意，他不想成為那些欺負爸爸的人，所以他決定點頭，答應爸爸的要求。

連譽祥明白，在毅鋒身上看不到一點孩子氣與任性，是因為毅鋒想要分擔他的工作與煩惱，所以忍著不鬧脾氣。想到這裡，連譽祥就將毅鋒擁入懷裡，摸摸他的頭，輕語著：「那我們來比賽，如果毅鋒能乖乖待在家裡一個半小時，爸爸就買你最喜歡吃的炸雞塊給你吃！」

「好耶！」

連譽祥見毅鋒接受了他的挑戰，便放心地打開家門，讓毅鋒進到家裡等他，離開時再三囑咐著毅鋒：「要把門鎖好，有人按門鈴都不要開門，爸爸有帶鑰匙。」

毅鋒點點頭，把門關上鎖上，然後就在玄關的穿鞋椅上等待。

雖然他非常希望爸爸能一整天陪他玩，但他明白這麼貪心是不行的。

爸爸總是被店長罵，被客戶罵，被房東罵。毅鋒明白爸爸是為了努力賺錢，想讓他們的生活過得更好，才總是向人低頭道歉。

爸爸都這麼努力想在這世界上生存了，他怎麼可以任性地要求爸爸不要去工作呢？毅鋒紅著眼眶，孤獨地坐在玄關處，動著短短的雙腿。

毅鋒記得有一天，爸爸的朋友來找爸爸喝酒，他因為睡不著，聽到了朋友說，爸爸是因為他才辭去穩定的內勤工作，轉為到處擺攤，說這樣才能夠把他放在身邊照顧。

那時候，他偷偷把房門打開了一個小縫，聽著從客廳傳來的聊天聲音。

「當初伯父不希望你跟陸樺結婚，說陸樺不是個單純的女孩，你不信要跟她私奔。現在你離婚了為何不跟伯父說一聲，伯父會開心迎接你們回家啊。」

「……當初我不惜斷絕與我爸的來往也要和她結婚，現在離婚了怎麼有臉回家，而且你又不是不知道我爸的個性。」

「我告訴你，老人家就是好面子，你把毅鋒帶去找伯父，伯父看到孫子包准心軟，不但要你回家住，還會幫你照顧毅鋒，到時你就可以去應徵其他更穩定的工作啊。」

「我爸因為長期喝酒應酬，身體本來就不好，我不想把照顧孩子的責任加在他身上。」

毅鋒那時候明白，因為自己年紀太小，才需要爸爸照顧，才讓爸爸的生活變得如此辛苦。

如果他能趕快長大，趕快出去賺錢，爸爸就不用連休假日也要奔波工作。

等到升上高中他就想去打工，把所有的錢都存起來，然後高中畢業就跟爸爸去旅行，他想跟爸爸環島旅遊。

毅鋒在這孤單的時間裡，構思了許多想跟爸爸一起完成的事情，就這樣等了一個多小時，等到他聽見門外有急促的腳步聲和鑰匙聲，知道是爸爸回來了，他趕緊開門迎接最愛的爸爸。

「爸爸，我有炸雞塊了，對吧？」

連譽祥看著只管獎勵的毅鋒，「不只有炸雞塊，還有冰淇淋！」

「萬歲！」

「不過爸爸先前訂的餐廳現在已經打烊了，我們改去速食店好不好？」

「好耶！」

連譽祥由衷感謝，毅鋒總是對他的提議舉雙手贊成，這世上沒有誰比他的兒子更支持自己了，也因為如此，再多的工作不順或是操勞，對他來說都不算什麼，只要能看見兒子的笑容就夠了。

毅鋒發現爸爸的鞋帶鬆了，那是爸爸跟他一起挑的螢光黃色鞋帶，他現在腳上穿的運動鞋也是同色的鞋帶，他便高舉著小手說：「爸爸，我來幫你綁鞋帶。」

「喔？我們家的毅鋒已經會綁啦？」

看爸爸很期待他綁的樣子，毅鋒就憑著爸爸替他綁鞋帶的記憶，有樣學樣地綁了很歪斜的蝴蝶結。

「哇！好厲害。」

毅鋒開心地被爸爸抱起，兩人再度一起出門，正巧遇到葉太太從菜市場歸來。

「咦？你們不是出去慶生了？」她非常訝異看見了跟一個多小時前相似的景象，連譽祥就尷尬地笑著。

「臨時有客戶要簽約，所以安插去工作了。」

「這樣啊，那趕快帶毅鋒去吃飯吧，毅鋒肯定餓壞了。」

在葉太太的催促下，連譽祥鎖好大門，便加快腳步離開公寓住處。

雖然毅鋒喜歡的餐廳已經打烊了，不過他就在那時候發現——只要與喜愛的人一起吃飯，不管什麼料理都會變得格外美味。

毅鋒開心地吃著最愛的雞塊，連譽祥則拿出準備好的禮物和小蛋糕。

連譽祥沒有能力買真金手環送給毅鋒，就請在電鍍工廠工作的友人幫忙，以電鍍的方式製作一款鍍金的活動式伸縮手環，並在內側刻上毅鋒的英文拼音，製作出世上僅有一件的生日禮物。

連譽祥將禮物慢慢推到毅鋒的面前，而自己的手上也戴了同款的手環，內側同樣刻有名字的英文拼音。雖然說這年紀的孩子應該比較喜歡玩具吧？但他還是一廂情願做了父子款手環。

毅鋒對卡通圖案的包裝紙很感興趣，所以他小心地拆開包裝，並趕緊戴上紙盒內的小手環。

他伸出手，跟爸爸的手平行擺著，兩人都有同款的手環。

當毅鋒玩著伸縮手環時，爸爸說出了在毅鋒每一年生日都會說的話。

「毅鋒，不管未來變得如何，你都要保持善良與正直的心，不為他人改變信念，為自己的選擇負責。無論你將來想從事什麼行業，只要你過得健康快樂就好。」

此時的毅鋒並不知道，這是爸爸最後一次幫他慶生了。

幾天後，三名警察來到毅鋒和爸爸的住處，連鄰居葉太太都出來關心他們家的情況。

毅鋒感覺到事態嚴重，緊握住爸爸的手，什麼話都不敢說。

他只能觀察某位警察叔叔跟爸爸說完話後，爸爸變得臉色凝重並告訴他：「毅鋒，爸爸要去警局做一些確認，我很快就會回來了。這幾天你先跟媽媽一起生活，我待會會聯絡她，讓她接你去住。」

毅鋒心裡很不安，他抱住爸爸，不願警方將爸爸帶走。

「不好意思，這孩子從小就跟在我身邊，這是第一次跟我分開所以他心裡很不安。能不能留給我一些時間聯絡前妻，讓她暫時照顧我的孩子。」

因為毅鋒年紀還小，警察通融留給連譽祥一些時間聯絡前妻，但全程監視著連譽祥的行為。

而一旁較為年輕的警察見到毅鋒好像快哭了，便蹲下來跟他聊天。

「我們會找出更多證據與線索來證明你爸爸的清白，一旦證明爸爸沒有嫌疑，爸爸就可以出來跟你團聚了，所以在這之前，可不可以把你的爸爸借給我們一下？」

借用的話，時間一到就會還給他了吧？

毅鋒被說服了，點著頭，年輕警察就摸摸他的頭說：「真的好聽話啊！哪像我姊的兒子，每次見面都會踹我小腿。」

「小孩都喜歡跟隨強者，證明你很弱。」較資深的警察調侃著年輕菜鳥。

警察們找毅鋒聊天，試圖安撫毅鋒的情緒。半小時後，爸爸口中的前妻出現了，一身西裝套裝，烏黑長髮紮成整齊馬尾，腳踩黑色高跟鞋的女性出現在住處門口。她的外表散發出職場精英的氣息，實際上也正在公股銀行擔任高層職位。

毅鋒被媽媽帶走前，回眸望著被警察包圍的爸爸，爸爸對他說：「我會盡快接你回家。」

毅鋒坐進銀色休旅車的後座，還未繫好安全帶，媽媽就立刻發動引擎。這一路上媽媽持續在跟某人通話，而且火氣越來越大。毅鋒不想掃到颱風尾，趕緊扣好安全帶，正襟危坐。

媽媽說到火氣上來的時候，車速就會開得特別快，毅鋒一度以為自己會在轉彎時從右邊摔到左邊，好在安全帶很牢固，他頂多就是快把胃裡的早餐吐出來而已。

「就是要寄住我們家一陣子啊！當初跟你結婚和你約定好不去見前夫孩子，現在發生狀況我當然要照顧他！他是我生的，你不喜歡也得接受！」

媽媽掛斷電話後，趁著紅燈時趕緊回頭關心毅鋒，此時的毅鋒已經被車速嚇到心跳加速。

「抱歉喔，媽媽在跟一個死腦筋的男人說話，嚇到你了。嗯，我也沒資格要你叫我媽，你不自在的話，可以叫我妮可基嫚。」

「……媽媽，爸爸他會不會有事？」毅鋒決定還是這麼稱呼媽媽。

「通常這種時候應該要安慰你『爸爸一定沒事』，但我不想說不負責任的話。我不是他本人，我不曉得他有沒有做過犯法的事情。」

「爸爸不會犯法！」毅鋒激動地反駁著媽媽。

「我也希望如此，如果他是清白的，相信法律會還給他一個公道。而你現在煩惱也無濟於事，先把自己能做的事情做好。我問你，現在最該做的是什麼？」

毅鋒低頭想著，應該是指家事？還是指作業？

只見媽媽瞇起雙眼，對他露齒燦笑說：「每天要做的事情，就是吃飯啊！吃飯才有體力繼續戰鬥。媽媽待會就去請特休，帶你吃午餐。」

毅鋒暫時被媽媽接過去照顧。媽媽告訴他，在生下他之後，媽媽以在職進修的身分準備前往英國攻讀碩士，那時候就與爸爸理念不合，加上結婚時也和公公相處不來，他們就在媽媽前往英國念書前正式離婚。

離婚三年後，媽媽與一起到英國進修的男性再婚，育有一女。毅鋒被接過去時，也見到了那名女嬰。

媽媽花了一個下午告訴他離婚的事情，同時也說了許多爸爸的糗事，毅鋒知道，媽媽是想紓解他擔憂爸爸的心情。

晚間，一聽到開鎖聲音，毅鋒就立刻正襟危坐。媽媽再婚的對象一進家門立刻看向毅鋒，因為眼神不太友善，毅鋒不敢有任何動作。

「會嚇到他啦！」媽媽突然站起來打了那男人的後腦杓，第一次目睹打架的畫面，讓毅鋒的心開始怦怦跳了，他深怕接下來會出現全武行的畫面。

不過那露出兇惡表情的男人卻沒有反擊，甚至就聽話地收回視線，轉而進房去抱抱他心愛的女兒。

然後室內傳來一陣女娃的哭聲。

「不得人緣的人就是這樣，甚至被自己的孩子唾棄。」

雖然連毅鋒都看得出來那男人不喜歡他，但對方並沒有對他有任何言語攻擊。毅鋒也為了不添爸爸的麻煩，忍耐地待在媽媽的家中。

只要忍到爸爸回家就好。

直到某天，媽媽從小學接他回家，又再度出門辦事，毅鋒才從電視新聞中得知爸爸被列為兇殺案件的重大嫌疑人。

媽媽在家的時候總是避開新聞台，所以毅鋒根本不知道爸爸非但沒有洗刷罪名，甚至已成了一名在逃的殺人犯。

爸爸的失蹤，成了各大新聞台二十四小時鎖定的頭條新聞。

即便毅鋒打從心底不相信爸爸是殺人犯，但返家的媽媽還是告訴他：「我不知道你爸去了哪裡，但在離開前，他要我完成這件事情，我也盡了前妻的責任答應他，所以我剛剛去戶政一趟，以後這就是你的新名字了。毅鋒，我知道你不想改變，但這是爸爸為了你好所做的決定。」

毅鋒看著上頭的名字，爸媽協議將他的姓氏改為從母姓。

媽媽看著正在播放頭條新聞的電視螢幕，「我想，你已經知道你爸現在的處境，他為了不連累你的未來，所以要你往後以『陸毅鋒』的名字活下去。」

「陸毅鋒」就是他失去爸爸以後的名字。

到了最後一刻，爸爸都在為他著想。

爸爸現在只有一個人，毅鋒想像如果是自己被冤枉，而且只有自己面對這一切，他肯定會很害怕，會想哭。爸爸平常這麼愛他，他不想要爸爸一個人難過。

陸毅鋒也想幫忙爸爸，所以隔天早上，陸毅鋒從小學逃了出去，這是他第一次任性。

他來到派出所，一大早就對值勤的員警不斷說著：「爸爸絕對不是殺人兇手，爸爸是為了工作才臨時去簽約，不可能成為殺人兇手！爸爸是全世界最善良、最正直的人。」

陸毅鋒當時不知道什麼是證據，只能憑藉自己對爸爸的印象，說服警察們撤銷對爸爸的追捕。

但這裡沒有人相信他所說的話，因為訪問殺人犯的父母或鄰居時，通常會得到「他平常待人都很溫和，不敢相信他會做出這種事」的回答。因此，陸毅鋒再怎麼強調爸爸的為人，警察們也只能依法執行勤務。就連當初說要還爸爸清白的年輕警察，也只能坐在位子上不發一語。

陸毅鋒在派出所鬧了一個上午，媽媽接到警察的電話後，立刻把毅鋒帶回家，罵了他一頓。

「你爸就是不想被人知道你是殺人犯的兒子才替你改姓。你去警局鬧，不就會被更多人知道你和他的關係？」

「……難道媽媽認為爸爸是殺人犯嗎？」

「我也希望他不是，但是他逃跑了。逃跑難免會被人覺得是心虛的表現。我已經很久沒跟他聯絡了，我不知道你們這陣子發生了什麼事，總之，你要乖一點。你爸都這樣了，我不知道今後該怎麼辦才好……」

媽媽邊說邊扶額，爸爸的事情折騰了媽媽好幾天沒睡好，加上又跟再婚對象天天吵架，媽媽已經到達快要崩潰的狀態。

陸毅鋒見狀後，決定不再多說什麼了。

兩天後的晚間，各大新聞都在報導爸爸的最新消息。

陸毅鋒從新聞上看見聳動的標題——兇嫌畏罪自殺。

爸爸被冤枉，甚至了結了自己的生命……

即使跟再多的人說明自己的苦楚，也不會有人站在自己身邊，這是陸毅鋒跟著爸爸一起生活，從小就知道的事情。

所以陸毅鋒也開始不把痛苦輕易告訴任何人。

他冷靜地參加爸爸的喪禮，因為不想在喪禮上成為哭鬧著想找爸爸的無知小孩，只是沉默地送爸爸走完最後一程。

新聞記者正待在會場外頭訪問爸爸的親朋好友，也有民眾前來咒罵爸爸的殘暴行為，這些混雜的聲音持續纏繞在陸毅鋒的耳邊，彷彿只剩下眼前孤獨插在白色花瓶內的馬蹄蓮是他唯一的同伴。

之後，陸毅鋒在媽媽的家住了一個月。繼父並沒有當面責罵他，但他經過兩人的臥室時，總會聽見雙方為了他的事情在爭吵。陸毅鋒不想成為拖累他人的存在，便向媽媽提議，希望能到育幼院生活，只要媽媽一個月來探望他一次就好。

媽媽很訝異陸毅鋒會提出這個要求，思索陸毅鋒也許是聽到了繼父在吵架時提到「把他送到育幼院」的言論，但不管如何，她不可能這麼做。

最終，媽媽將陸毅鋒送去和外公外婆一起生活。

陸毅鋒以前都是和爸爸擠同一張床睡，如今擁有自己的書桌和床鋪，讓陸毅鋒真正意識到自己失去了爸爸。

那天晚上，他崩潰大哭。

因為自己的生日禮物，讓爸爸陷入了殺人犯的嫌疑風波，甚至因為輿論一面倒，爸爸最終了結了自己的生命。

陸毅鋒以為自己能扮演一個乖孩子，可是失去爸爸後，他的內心就像破了個洞，熱情全失，每天都像行屍走肉般，感覺不到任何的希望。

他轉學到外祖父母家附近的小學，坐在教室的最角落。回家時，他也只是一個人待在房間裡發呆。

陸毅鋒不知道該怎麼撫平失去爸爸的痛，每天都像活在黑暗的世界中，甚至失去了微笑

穿越到小說裡成為第一個被殺的砲灰

作者 夏天晴
插畫 Welkin

活下去就有希望ㄴㄴ
天晴
SHATENCHIN
Thanks ♡

©夏天晴SHATENCHIN

台灣角川 NOT FOR SALE

的動力。

某天，班導師要大家一人帶一本書到學校，大家交換讀，一個月後要上台報告自己拿到的書。那是陸毅鋒第一次接觸到海明威的小說《老人與海》。

他發現投入在書中的世界能讓自己暫時忘掉悲傷。

陸毅鋒開始靠著閱讀來忘卻失去爸爸的痛。

陸毅鋒快速將客人訂購的餐點放在鐵架上，又急忙回到後台繼續備餐。

靠著閱讀來忘卻失去爸爸的悲痛，轉眼間，陸毅鋒已經是年滿十六歲的高中生，也開始在速食店打工。

因為同住的外公外婆年事已高，陸毅鋒想靠自己的力量賺取學費和生活費，只要一放學就會安排打工，也盡可能接一些私人委託的工作，諸如幫人搬家、擔任熱炒店的二廚、幫忙遛狗、外送便當、接送委託主的小孩甚至是幫忙寫暑假作業，只要不違法，他都來者不拒。

半工半讀的生活持續到高三的寒假，陸毅鋒接到書展的短期工讀機會，他來到推理小說作家的簽書會擔任支援會場的工讀生。原以為來場讀者會多到必須指揮排隊動線，直到簽名會結束前，卻只來了九位讀者。

陸毅鋒雖然喜愛閱讀，但因為爸爸的遭遇而避開推理題材的小說。也不知道自己是出於同情心，或是作者給人一種即使讀者少，也不會被現實擊垮的堅定信念，在簽書會結束的前一刻，陸毅鋒詢問了出版社職員是否可以買一本書請作者簽名，得到了編輯部的允許。

陸毅鋒成為最後一位上台簽名的讀者，而在內頁留下簽名的人正是──季震。

令陸毅鋒出乎意料的是，作者居然在簽名下方留下一組 email，並告訴他：「我從簽名會開始就一直注意你了，如果你有什麼心事無法訴說給身邊的人知道，歡迎寫信給我，我會成為你最好的聽眾。」說完，甚至送了他一盒香片茶。

陸毅鋒拿到季震的 email 之後，基於禮貌，返家便趕緊寫信給作者，但他不敢相信自己居然會每個月定期寄一封電子郵件向季震報告近況。

通信通了一年的時間，陸毅鋒得知季震有個無法見面的兒子，而自己則是再也見不到爸爸，認為他們同病相憐，便敞開胸懷，告訴季震自己從小就喜歡看書。

『那你有沒有興趣看我其他的初稿？如果可以，幫我抓個錯字，我會論件計酬。』季震在回信中這麼寫著。

陸毅鋒平常打工結束不是睡覺就是看書，能夠利用休息時間賺錢，陸毅鋒當然立刻答應了季震的邀請。

就這樣，陸毅鋒多了一個成為季震的潤稿小幫手的身分。他開始與季震每週約一天見面，一起吃頓飯，季震順道會在餐廳寫稿，而陸毅鋒就利用季震寫稿的時間抓舊稿的錯字，兩人一待就是整個下午。而有段時間季震總是和他約在週三下午四點於某間大學附近的餐廳見面。

陸毅鋒以為季震是個對時間管理嚴格的作者，才會在固定的時間與他碰面。直到某個週三下午，他提早抵達速食店，先到櫃檯點餐時，聽見有人喊著：「季曉！這裡有位置！」

陸毅鋒看向與季震同樣姓氏的男人，皮膚白皙，有一頭黑到發亮的頭髮，髮質偏軟，看起來幾乎沒有使用髮油的習慣，依照外表看來，說是高中生也不為過。但坐姿有些駝背，感覺得出來昨天沒睡飽，或是早上的課令他倦怠，總之看起來就像隻小白兔小松鼠那樣涉世未深的男孩。

季震說兒子比他大三歲，換算起來，現在應該是大四生吧？

這是陸毅鋒第一次見到季曉，季震把季曉形容得就像擁有強健體魄、身材魁梧又有精英頭腦的優秀男人，可實際看到卻有些落差。

陸毅鋒等到季震與他會合，就向季震求證了此事。

「說起來慚愧，和我老婆分居之後，他就沒來找過我了。所以我以這種方式偷偷地觀察他的生活。」

季震邊說邊攪拌著玉米濃湯，陸毅鋒則咬著百吃不厭的雞塊。

由於陸毅鋒正在消化季震的這句話，花了更多的時間咀嚼吞嚥。他不明白，活著的時候能見面，為何不主動去見呢？如果死了，就再也見不到面了，就像他與爸爸那般天人永隔。

但陸毅鋒沒有把話告訴季震，因為季震觀察力敏銳，聽到後肯定會問他和誰見不到面，他怕自己會對季震卸下心防，不小心脫口而出，爸爸曾經被列為殺人嫌犯的過去。

他忍住想跟季震傾吐心事的衝動，進行著每週一次的小幫手任務。

季震似乎很清楚季曉的喜好，每次要和季震見面時，季震都會在前一天跟他約好餐廳，有時是咖啡廳，有時是速食店，偶爾是簡餐店，而那天聚會時，肯定會遇到季曉和季曉的朋友們。

「因為我從高中開始就在觀察季曉了，不……應該是從他出生就沒有間斷過，只不過我現在是用遠距離的方式關心他。」記得季震是這麼對他解釋。

所以，他們選的位置雖然離季曉不算太近，但還是能看見、聽見一些季曉的情報。

每一位父親都有自己呵護兒子的方式，陸毅鋒也不便對季震說些什麼，只是好奇季震的行為。

「您該不會有偷偷去參加他的畢業典禮吧？」

「不瞞你說，他所有的公開活動我都有參加，給你看照片，我坐在前排他都沒發現。」

果然不出陸毅鋒所料，季震偽裝成不同的樣貌參加了季曉的各種活動，如此高大的男人甚至不惜裝扮成婦人也不想讓兒子認出來，陸毅鋒看見季震自拍的照片後，不禁笑出聲來。

手機解鎖，其實真正的方法是…

自從爸爸去世之後，陸毅鋒很久沒有開懷大笑了，雖然他想克制住笑聲以免不遠處的季曉發現他們的存在，但季震的各種扮裝實在太有趣了。

「這個模樣不被發現才怪！鼻影和眼影……噗、您這種妖怪裝扮反而更引人注目！」

「你那麼行，那季曉大學畢業的時候你幫我化妝！」季震把手機奪了回來，不認為自己畫的鼻樑陰影有這麼奇怪。

「我不幫這個忙，因為我希望您用原本的樣貌參加，不然他永遠都不知道您在關心他。」

當時，陸毅鋒並不知道季震不去見季曉的理由，但他並不排斥季震在兩人聚餐時炫耀季曉從小到大的事蹟，甚至會把偷拍的近況照片亮給他看。

聽季震誇獎季曉已經變成每週見面的例行公事了，陸毅鋒也將這當作潤稿小幫手的工作之一，乖乖地當季震的聽眾，也逐漸對這位總是被季震提起的季曉感到興趣。

但是陸毅鋒從未想過自己有一天會臨時支援到他與季震時常聚會的那間速食分店，也根本沒想過會替季曉點餐。

當時，季曉的好友們都已經點好餐，獨留一直猶豫不決的季曉。

季曉持續盯著菜單上最新推出的漢堡口味，在陸毅鋒以為對方要嚐鮮看看的時候，季曉卻說：「我要一杯熱咖啡，加一份六塊雞塊。」

陸毅鋒面無表情地替季曉結帳，心裡卻記住了季曉喜歡在速食店喝咖啡的習慣。

待季曉與那群朋友吃完，臨走前，季曉又來到櫃檯，點了冰炫風。

當他將冰炫風交到季曉手中時，他發現季曉和季震長得並不像，因為季曉有一雙看到冰炫風會發亮的雙眼，而季震除了飲料之外，似乎沒點過甜的東西。

此時的季曉只把陸毅鋒當作店員，並沒有留意他的觀察，拿了冰炫風便立刻跟上友人的腳步。

陸毅鋒又記錄了，季曉是個喜歡吃速食店點心的客人。

自參加季震的簽書會已經超過五年的時間。陸毅鋒過著一週工作六天、一天與季震見面的日子。

如果爸爸還活著的話，大概和季震的歲數差不多。或許陸毅鋒就是思念爸爸，所以將每週的聚會當作最抒壓的休假日。

陸毅鋒以為這樣的關係能維持到永遠，直到某次聚會，季震突然昏倒失去意識，他趕緊叫救護車送季震到醫院，才知道季震長期為慢性病所苦，腎臟也有腫瘤。

「老師，您還是跟季曉聯絡吧，有他來看您，您的病很快就會好轉了。」陸毅鋒語重心長地勸著季震，比起跟他聚餐，季震更應該和兒子多相處。

季震搖著頭，指向放在矮櫃上方的筆電，虛弱地說著：「我有一個稿件，想在死前連載，你幫我開機。」

「老師，您只要好好控制血壓血糖，身體會慢慢好轉的，別說什麼死之類的話。」

陸毅鋒原本還想說些什麼，但季震突然紅了眼眶，讓他什麼話也說不上來。

「其實我沒有資格活這麼久……在死之前……我要把真相寫出來……」

陸毅鋒按照季震的指示，把筆電打開，螢幕朝向季震，就見季震告訴他：「資料夾裡有一篇文章，你複製到隨身碟，幫我看稿。」

季震邊說邊痛苦地鎖緊眉頭，在陸毅鋒將檔案存至隨身碟的時候，又頻頻對他低語著：「對不起……對不起……」

「老師，您別再說話了。等探病時間結束，我就回家幫您看這篇文章，您今晚就好好休息。」陸毅鋒將季震的手塞回被單中，不讓季震再情緒激動，加重病情。

陸毅鋒返回住處，立刻將桌電開機。

季震要在死前連載的小說內容前半段是連續殺人事件，後半段則穿插一起多年前的懸案，但是陸毅鋒越看越覺得不對勁。

懸案的內容居然和他的爸爸被捲入的刑案事件相似度極高，主要角色「李世鎮」認為仲介是被冤枉，因仲介最後含冤而死，李世鎮誓言要找出真兇，還給仲介一個公道與正義。

陸毅鋒明白市面上有許多推理小說會以真實事件進行改編，爸爸被捲入的刑案事件在當時鬧得很大，季震或許就是將那起刑案改編成小說。然而季震卻選擇了要還仲介清白的路線進行撰寫，這讓陸毅鋒不斷地滾動滑鼠，想將季震的新作趕緊看完。

但陸毅鋒拿到的稿件，真兇和結局都沒有寫到。

這真的只是將現實事件加以改編的虛構故事嗎？

陸毅鋒忘不了在他離開病房前，季震對他說的那句「對不起」。

「**在死之前……我要把真相寫出來……**」季震所說的這句話，究竟代表什麼意思？難道說，季震知道整起事件的真兇是誰？

陸毅鋒懊惱地盯著文稿，現在比起抓錯字，他更想知道季震在當時是以什麼身分存在於事件中。

陸毅鋒徹夜難眠，等到天一亮，便騎車前往季震入住的醫院。他有好多問題想問季震。

為何您會知道真兇是誰？

明知道我爸爸被冤枉，為何不告訴警方真相？

您是不是知道我的身分，才刻意接近我？

陸毅鋒進入季震的病房，四人共室的病房裡已沒有季震的身影。他詢問前來巡房的護理師，得到了季震匆匆辦理出院的答案。

「請問你是陸毅鋒先生嗎？」護理師問著他。

「是。」

「季先生有要我們轉交一封信給你。」

陸毅鋒拿了信，就坐在醫院的候診區，讀著季震對他坦白整起事件的真相。

『說來真慚愧，我竟然會害怕一個孩子的威脅。他說如果我交出證據，他會殺死我的兒子。想到以他當時犯案的年紀不會被判處死刑或是無期徒刑，就害怕他真的會回來報復我的家人。

我帶著證據和老婆分居，但又擔心季曉遭遇不測，所以用遠距離的方式觀察他的生活，確保他的安全，同時也著手將真相寫成小說，希望在我死的時候，能將真相公諸於世，也保留了那些證據。我不求你能原諒我的所作所為，但希望能讓我一個人承擔這些罪。』

信中寫下了季震為何保留證據的理由，但季震並沒有將兇手的真實身分告訴陸毅鋒。

而陸毅鋒就由「孩子」這句話推論，真兇當時犯案的歲數可能未滿十八歲。

「說什麼真正的兇手在這部作品的結局會揭曉，為何我得等到這部作品連載完結才能還爸爸清白……」

陸毅鋒瞪向被對折的信紙，現在已無力再細看裡頭的文字，想起爸爸僅是剛好在那個時間點出現的代罪羔羊，整個心都涼了，彷彿靈魂從身體抽離，一切都使不上力。

爸爸無辜受到牽連，甚至成為了殺人嫌犯，苦於輿論壓力最終自我了結，這些明明都不該發生，卻因為季震自私的原因而未還原真相。

陸毅鋒憤怒地把手中的信揉成一團，矛盾的情緒讓他心裡格外痛苦。

他曾經把季震當作第二個父親對待，也明白一切的錯都是真正的兇嫌一手造成，跟季震沒有直接的關係，可他一想到季震如果能在第一時間出來作證，還爸爸清白，現在的他就擁有不同的人生。

也許他能跟爸爸環島旅行，也許他就不會這麼恨自己的生日了。

但或許季震是在爸爸死後才找到證據，又或許就如季震所說，如果交出證據，兇手就會回來報復季曉。

他轉動著手上如同護身符的鍍金手環，爸爸送他的生日禮物已經太小不能戴了，高中以後他便戴起爸爸留下的遺物。

陸毅鋒一時之間不知道該怎麼做才好，只能摸著手環發呆。他明白再怎麼怨恨與懊悔，都喚不回已逝的爸爸。

至今能讓陸毅鋒活下去的動力，是爸爸的那句話——

「不管未來變得如何，你都要保持善良與正直的心，不為他人改變信念，為自己的選擇負責。」

如果每個人都能保持善良和正直的心，就不會發生社會案件了。事實上就是不可能每個人都做得到，爸爸才會被冤枉，最後結束生命。而他也忍耐著受盡一切的委屈，不但沒有得到好報，還失去了摯愛的家人。

既然如此，何不乾脆捨棄過去的自己，用復仇當作動力活下去。

陸毅鋒緩緩地抬起頭，看著仍舊忙碌的醫院。雖然這個世界沒有任何改變，但他知道自己變了，變得更有動力活下去了。

既然沒有人肯制裁真兇，那就由他親手結束兇手的生命，就算最後會以殺人犯的罪名離開人世，他也要替爸爸報仇。

陸毅鋒起身離開醫院，開始著手調查當時的報紙新聞與線索。

從那天之後，他就再也沒有見過季震了。

季震換掉手機號碼，而他也不清楚季震的住處，只能透過季震的連載，獲取季震的最新動態。

後來，陸毅鋒從出版社的網站上看見季震去世的消息。

季震的兒子在社群平台發文想徵家事服務員，陸毅鋒自告奮勇要幫忙打掃甚至協助搬家，而他的目的只有一個——找到季震保留的證據。

再次見到季曉時，季曉面容憔悴，比他第一次見到時更瘦弱許多，另外不同的是髮色，也許季曉先前是為了參加什麼重要的聚會才染頭髮，但很明顯已經染了一陣子，髮根已長出原來的黑髮。

但陸毅鋒無心繼續觀察季曉，他以倒垃圾為由，去住處的其他地方找尋證據，就在鞋櫃裡，看見了令他熟悉的球鞋。熟悉的並非是運動鞋的款式，而是上頭那螢光黃色的鞋帶令他印象深刻。

爸爸死去的那天就是穿螢光黃色鞋帶的運動鞋，難道季震也有去參加爸爸的葬禮？還是在報紙上看到照片？

雖然這雙並非是爸爸所有，但季震刻意用同樣顏色的鞋帶裝飾這雙破舊的運動鞋，好讓陸毅鋒一眼就發現它的存在。仔細觀察，他發現鞋子裡頭有東西，抽起鞋墊，有一封被多層塑膠袋保護的信函，他將之抽起藏進口袋裡。

陸毅鋒打算把垃圾丟掉就一走了之，當他想趕緊離開季震住處時，季曉卻叫住了他。

陸毅鋒一心只想著要趕緊拿證據去報案，沒想過季曉會拿午餐錢給他。

陸毅鋒等著還爸爸清白，等了十六年，根本不需要什麼錢吃午餐。他立刻掉頭想走，但是季曉錯愕的表情令他聯想起了爸爸，爸爸也時常做這種不被人領情的事。而且季曉失去季震之後心力交瘁，看起來格外虛弱，若再被他拒絕，恐怕會更傷心難過。

陸毅鋒以為自己會憎恨季震，連帶厭惡季曉。但得知季震因病過世，他卻有股說不出的苦悶，而且眼前的季曉對整起刑案完全不知情，季曉沒有犯任何錯誤。

因此，陸毅鋒又走回季曉的身邊，拿走鈔票，並答應要幫季曉買便當。

陸毅鋒前往垃圾集中區，透過陽光觀察被保護的信封，能看見裡頭有細小的粉末。

這大概就是兇手用來毒殺被害者的毒物吧？

但是，光只有這件是不夠的。季震說保留真兇的「那些」證據，也就是證據不只一件，他還必須找到兇手使用的其他犯罪工具。

陸毅鋒沒心情買什麼便當，掉頭走回季震生前的住處時，他發現某個男人正走進公寓大樓。

那個當初威脅季震，只要季震保守祕密，就不殺死季曉的兇手，此時肯定會來季震的家裡消滅證據吧？

陸毅鋒偷偷跟著陌生男子，就在季曉被那男人以電源線勒頸的時候，陸毅鋒衝進住處，想撞開那男人，卻意外和季曉一起穿越進入小說裡。

他醒來後出現在美式餐廳，看見餐廳招牌就明白這是季震塑造的小說世界。因為餐廳的吉祥物商標是他與季震在聚會時，畫在素描本上的圖案。

如果穿越進小說裡，他就可以找到那起刑案的真兇，進而親手殺了那個人。

所以陸毅鋒不意外「穿越小說」這件事。

現在回憶起來，自己會待在季曉身邊，或許是因為季曉和他的爸爸一樣，都是想保持善良與正直的心，很容易受到傷害的類型。

在李世鎮離開病房後，陸毅鋒就將這一切告訴季曉，而季曉只是握著他的手沉默不語，握到他說完後沉入夢鄉。

陸毅鋒從加護病房被換到了一般病房，季曉便拿了個躺椅，直接睡在陸毅鋒的病床旁。

然而這天晚上，季曉根本睡不著覺，一時之間難以消化陸毅鋒提供的訊息。

季曉盯著陸毅鋒消瘦的臉龐，才七歲就要承擔莫大壓力，難怪陸毅鋒給他一種什麼工作都願意做，也不輕易對人訴苦的感覺。

季曉現在不知該如何面對陸毅鋒，一來他得知父親是為了保護他，不惜與母親分居，這令他恨死那個不去主動見父親的自己；二來父親為了保護他，讓陸毅鋒的父親含冤而死，他根本沒有臉繼續待在陸毅鋒身邊。他現在得盡快找到回去現實世界的方法，好讓陸毅鋒將證據交給警方，洗刷加諸在連譽祥身上那莫須有的罪行。

雖然睡眠不足，季曉依舊要去學校上課，得去學校引出兇手。

當季曉正要起身時，被陸毅鋒給抓住。

「……我睡幾天了。」

陸毅鋒抓著季曉的手，想借力坐起身，季曉阻止陸毅鋒，卻沒臉正視對方，只是低語著：「才兩天，你多休息吧。」

陸毅鋒堅持想要起身，但才剛起來，側腹就傳來一陣劇烈痛感，痛楚直逼腦門，令他疼得又再度躺平。

「你看你，才手術完幾天就想動了。為了要趕快回到現實世界，你得先養好身體，這樣才能一起對付兇手啊！」

陸毅鋒依然捉住季曉的手，季曉只是低著頭，不敢看陸毅鋒。

「你現在是不是覺得愧對於我？」

「都聽完你的過去，我怎麼有臉再跟你說話……」

季曉越說越小聲。陸毅鋒現在就算揍他一頓，他也沒有資格還手。季曉緩緩地轉過頭，但視野還是朝下，瞅著抓緊他的那隻手。

「如果覺得抱歉，就幫我做一件事吧。」

正當季曉覺得可能是買早餐還是買飲料的時候，從陸毅鋒口中說出了：「幫我洗澡。」這四個字。

季曉承認，腦海裡一瞬間晃過了陸毅鋒全裸的畫面。

好險陸毅鋒所謂的洗澡指的是擦澡。才兩天沒洗而已，陸毅鋒就急著想要把汗擦掉，說真的，在溫度合宜的病房裡根本沒有一點汗臭味，但或許陸毅鋒只是想藉此放鬆心情。

季曉一邊想著，一邊瞪向陸毅鋒微凸的胸肌，陸毅鋒大概是做了很多打工，從搬家練出身材的吧？還是說從想要復仇開始才練？短時間可以速達到這種程度嗎？

「我怎麼感覺你好像要把我的皮給搓掉。」

「那是因為我不想放過任何一奈米的髒污。」季曉繼續拿毛巾搓——喔不，是擦。默默地把陸毅鋒的雙手都擦拭乾淨，並將毛巾換個面，從頸部往上擦至臉龐，看著陸毅鋒那堅定的眼神。

「季曉，我必須親手殺死那個人。」

季曉輕輕擦著陸毅鋒的臉，當毛巾擦到陸毅鋒的額頭時，陸毅鋒順勢閉上雙眼，就因為避開了陸毅鋒的視線，季曉才敢說：「你的父親在無助下離開人世，如果那時候有人能對他伸出援手，結果肯定有所不同。未來我也會想，要是當時有人阻止你，你就不用為了殺死惡人而成為罪犯。我不想說出『早知道就這麼辦』這句話，我想要成為改變你結局的人，所以……請你原諒我，我百分之百會阻止你。」

陸毅鋒聽完嘆了口氣，「我真不知道該罵你，還是要說謝謝你。」

「即使愧對於你，我也不會眼睜睜看你走向和殺人犯一樣的結局。」

陸毅鋒抽回手，生氣得不想讓季曉碰。

如果不趕快說點什麼，小說世界裡唯一的同伴就要跟他鬧脾氣了。季曉再度拉直陸毅鋒的手，硬是替他擦澡。

「只聽你說祕密不公平，那我也來跟你分享我的祕密，要聽嗎？」

季曉俯視著把目光瞥向布簾的陸毅鋒，就算沒得到陸毅鋒的同意，他還是照說了：「我以前交過女朋友……」

陸毅鋒總算是看向他，但那眼神正表達著「這種時候還放什麼閃」的感覺。

「高中時我在資源回收場常常遇到對方，她是一個美貌與才華兼具的學姐。」

陸毅鋒認為季曉在炫耀自己的戀愛史，他刻意轉過身，背對站在床邊的季曉，季曉順勢替他擦背。

「那時候高中同學一直覺得我很幸運，居然有這麼漂亮的人寫信給我跟我告白，我也試著跟對方交往了。結果發現，我好像對女生不感興趣。」

陸毅鋒轉過身，盯著說出這句話時臉頰稍稍發紅的季曉。

「這件事我誰也沒說，連爸媽都不知道。我當時以為我只是不喜歡對方而已，長大之後一定會遇到喜歡的人，然後我就會面臨到大家都會經歷的結婚、生子，就算喜歡上同性我也能跟他結婚。但事實上，我到現在都還沒有遇到能讓我全心全意愛著的人……」

季曉越說，手的力道越輕。「我很怕我對任何人都不感興趣，怕別人會覺得我很奇怪，一直對此感到很自卑。為了不陷入這股低迷，我全力投入在學習與研究上，想著即使一輩子單身，只要一直念書一直研究，我的人生就會變得很充實。」

陸毅鋒沒能回答什麼，因為他一心只想著要活下去，拼命賺錢養活自己，根本沒時間跟朋友玩甚至是談戀愛，他沒有像季曉這樣奢侈的煩惱。但是，倘若未來還給父親清白，一切都落幕了，他或許就會想跟誰談戀愛了。那時候他可能會同情季曉，找不到喜歡的人。

「那是因為你以前遇到的人還不夠優秀。」陸毅鋒的這句話果然讓季曉茫然了，陸毅鋒又加了些解釋：「我的意思是，你以前沒遇到喜歡的人很正常，因為他們不符合你的喜好或是你遇到的人實在太少了。多去不同的環境接觸不同文化的人，你會找到屬於自己的歸屬，就算不是人，喜歡某種興趣，待在某個職場，也是一種喜歡，不需要把喜歡的心情放在『人』的身上。」

季曉看著陸毅鋒，陸毅鋒也盯著他，兩人就這樣對視了一陣子，而這期間季曉的手仍沒有停止工作。

「很神奇，我居然得到安慰了。」

可能是被季曉擦到痛了，陸毅鋒忍不住捉住季曉的手。明明他應該要恨季震和季曉，但季曉堅持信念不為誰動搖的行為，令陸毅鋒想起了爸爸。或許是季曉正遵循著爸爸說的信念過活，陸毅鋒才無法討厭季曉。

「對不起，即使我爸這樣對你，你還是安慰了我。如果不是我叫住你說要讓你買午餐，這個時候，你已經將證物交給警方了。」

季曉因為頭低低的，陸毅鋒看不清他此時露出了什麼表情，於是刻意說著：「是啊，誰叫你雞婆給我錢？」

季曉的心被陸毅鋒的話語給刺痛了一下，以為陸毅鋒會否定他的話。

「雖然我還是很生氣季震不把證物交給警方，但我也明白他是為了保護你。如果要道歉的話，就趕緊找到回到現實的方法，讓我早點回去把證據交到警方手中。」說完，他捉著季曉的手，借助季曉的力量緩緩地坐起身。

陸毅鋒將季曉拉到身邊，伸手摸向季曉那被勒過而產生紅印，季曉也伏低身子，讓他能從摸頸變到摸頭。

「不能再依賴死亡會重生的設定了。一定要想辦法活下去。」

「嗯。」季曉被比自己小的男性摸頭卻不覺得害臊，反而有點過意不去。因為他明白陸毅鋒會表現出比同年齡還要成熟的模樣，是命運逼迫陸毅鋒要早點獨立早點長大。

感受著陸毅鋒摸完他的頭，就開始拍拍他的臉頰，那個力道越來越大。

「……你在洩憤嗎？」

「就讓我打幾下吧。」陸毅鋒用力拍了幾下之後，就捏著季曉的臉。

「如果回到現實，我們去旅行好不好？」

季曉愣看著陸毅鋒，他以為離開這本小說之後，他們就會回到陌生人的關係，便問起陸毅鋒：「你有想去的地方嗎？」

「哪裡都好，我想去旅行，見識外面的世界，接觸更多不同的人。我從小就只想著要活下去，拼命賺錢，從沒有像現在放自己這麼多天假，我開始貪戀假期了。」

「誰不喜歡放假，我也喜歡啊。如果你沒有特定想去的地方，那就讓我來規劃吧，雖然我也不是那麼愛戶外生活，但至少也跟朋友、同事出去玩過幾次。」季曉認為自己比陸毅鋒年長個幾歲，還是比較有旅遊規劃的經驗。

「嗯，我想去有大片海岸，有許多攤販的廟口，或是摘草莓、摘水蜜桃都好。跟有不同文化不同語言的人交流更好，體驗他們的生活習慣。」

「還說沒有特定想去的地方，你的要求有點多。」季曉持續被對方擠壓著臉頰，兩人對視了許久，在季曉感覺到氣氛好像變得跟之前不太一樣的時候，一直待在布簾外頭的護理師忍不住咳了幾聲，「打擾了，我要進去量一下血壓唷！」

布簾被拉開時，季曉以為自己會跳開，然而他卻僵在原位。陸毅鋒也是不怕被人誤會的類型，就維持著捧住季曉臉蛋的姿勢。

「要請你把手借給我量喔。」護理師再次表達自己的存在感。

——**如果回到現實世界，我們去旅行好不好？**

季曉離開捷運車廂，沒入趕去上班上學而顯得沉默的人群之中。

回想陸毅鋒在醫院說的話，他以為回到現實之後，陸毅鋒就會跟他斷絕往來。會選擇原諒他父親所做的事並出手保護他，陸毅鋒的確就像連譽祥一樣是個溫柔的人。

季曉想還這份人情，要讓陸毅鋒早點回到現實世界，為此，他打算去確認某人的身分。因為李世鎮要他仔細回想小學五年級發生的事，他才拾回了曾經忘卻的片段回憶。

在他生日當晚掐住他頸部，想置他於死地的同班同學叫做徐皓楠，徐皓楠被季震發現殺人未遂後便逃出家裡，從此音訊全無。

當時瀕死的恐懼讓季曉險些忘卻了這段回憶，在照顧陸毅鋒的期間，也仔細回想徐皓楠的身世背景。

小學五年級時，徐皓楠轉學到他們班上，據說徐皓楠的父親時常調職，他因此不斷轉學。

徐皓楠總是坐在教室最後一排，很少或是根本沒看過他主動跟同學說話，季曉當時想過，徐皓楠可能認為自己很快又會轉走，所以不願在新環境交新朋友。

因為徐皓楠一直無法跟同學打成一片，季曉和其他同學才帶徐皓楠出去玩，試著讓徐皓楠融入團體生活，可是玩回來的隔天，徐皓楠就沒來學校上課了。

父親說，徐皓楠家裡出了點事，要暫時收留徐皓楠。身為獨子的季曉不但沒有反對，還因為有個相同年紀的伴要來家裡住而心情雀躍。

當時聽醫生說，徐皓楠似乎心理受到創傷，必須暫時在家治療，所以那段時間徐皓楠都待在季曉的家自學。而原本就沉默寡言的徐皓楠變得更安靜，總是窩在季震的書房裡看書，那時的他很熱衷看小說。

季曉還記得上學前看到徐皓楠走進季震的書房，放學回家依然看見他在翻書。有一次，季曉主動接近徐皓楠，問徐皓楠在看什麼，徐皓楠說是懸疑小說，擁有超強易容術的主角受雇主委託，扮演了宅配員、服務生、大學老師、搬家人員，藉由扮演各種職業角色進行殺人工作。不過他所殺害的人全是曾經作姦犯科且尚未受到法律制裁的壞人，所以主角即便是做著殺人的工作，依然像英雄般深受市民愛戴。

徐皓楠曾說，書中的主角是他的英雄。

「喲！季曉。」爽朗的女性聲音拉回了季曉的思緒，轉頭一看，是穿著短T與破洞牛仔褲的秦梨，即使是普通的服裝，穿在秦梨身上就變得格外有型，因為季震將她打造成美人的關係。

「怎麼都不說話？我聽阿玖說你週日都待在醫院，身體還好嗎？」

「我沒什麼事，只是運動過量，全身酸痛。」

秦梨很自然地提步向前，季曉也跟她並肩走往學校，不過這一路上，秦梨持續盯著他的臉，也許就是發現了他睡眠不足的黑眼圈，才會這麼說：「你喔，平常不要再熬夜看小說囉，我知道你的手機裡買了很多電子書對吧？熬夜過後早上再靠喝咖啡提神，長期下來對身體很不好喔。」

「妳怎麼講話這麼像我……」季曉差點說出「我媽」，因為那時候父親離開時沒有將小說帶走，他想理解父親的喜好，每天睡前都會閱讀留在書房裡的小說，母親發現他熬夜看小說就會念他。

「像誰？」秦梨歪著頭，斜落下來的髮絲被早晨的陽光照得特別有光澤。

「像我昨晚看的小說角色。」季曉只好硬拗過去。

「就說你別老是熬夜看小說了。」

前往學校途中，秦梨先繞到附近的早餐店，季曉也跟上她，買了蛋餅和燒餅油條。秦梨結帳前又多點了一份肉包，喃喃著：「給阿玖好了。」並在裡頭加入大量辣椒醬。

季曉趁兩人獨處的這個機會，詢問秦梨有關先前打工的事。

「上週五打工的時候，妳有發現什麼異狀嗎？」

「嗯……那天客人比以往還多。我去網路查，發現有位網紅幫我們餐廳寫食記，那天才會人爆多。」

「那天有沒有什麼客人或是同事行為很奇怪？有沒有發生跟平常不一樣的事？」

「……我想想喔。」秦梨放回辣椒醬，跟著季曉離開早餐店，到下一個號誌燈的途中她持續回想當天的情況。

「那天原本不需要補冷凍食品，宅配員多補了貨品給我們。」

「妳有看清楚那位宅配員的長相嗎？是平常送貨的人嗎？」

「我沒有記住對方的長相，因為那時候有位餐廳駐唱的樂團成員說要幫我們拿冷凍包裹。說起來那個叫做『陸毅鋒』的人有點怪，明明不是餐廳人員卻說要幫我們拿包裹。」

季曉不加思索地說：「有可能是為了保護妳。」

「為什麼？」

季曉死後重生過知道緣由，但秦梨本人並不知道自己曾被兇手殺死，推想陸毅鋒會替秦梨拿包裹，或許宅配員就是當時殺死秦梨的兇手？把秦梨殺死後，暫時冰在冷凍貨車裡，等到停電時再把秦梨搬上桌，是這樣嗎？

「季曉，發生什麼事了嗎？為何要問這些？」

季曉思索要如何回答秦梨才不會讓秦梨再度深陷危機，看著號誌燈倒數三秒，由紅轉綠，季曉想趁機轉換話題，更低沉沙啞的聲音卻從兩人身後出現。

「你們在討論什麼？」

季曉驚訝地望向助教，沒料到助教已經這麼接近他們了。

「祕密！」秦梨提步向前，不打算告訴助教私事，季曉也鬆了口氣。

季曉走在兩人身後，聽秦梨對助教說起大學部學生還沒繳交實習志願單之類的事情。

提到實習，助教突然岔開話題：「對了，季曉，你還記得下午的行程嗎？」

秦梨見季曉沒回答，就替精神不濟的季曉說：「我們要去遠澄家具設計公司，除了去談大學部的實習課程之外，他們開發了不少居家輔具，教授說你的論文可以順便帶去請教他們。」

「抱歉，最近生病記憶力都變差了。」

季曉雖然隨口這麼說，助教卻很在意他這句話。「那下午你還能來嗎？還是要回家休息？」

為了引出兇手，季曉便說出：「我要去。」

季曉原以為只要殺過人就不能回到以前的生活，但事實上那位殺人犯，很自然地過著普通人的日子，殺人對他而言就像拍死了一隻蚊子，之後繼續過自己該過的生活。

季曉在腦海裡想過，如果徐皓楠長大會變成什麼樣子？因為最後一次見到徐皓楠已經是十六年前的事了，當時沒留照片，對外貌的印象很模糊，但他敢肯定，徐皓楠會有不錯的學歷，從事的職業肯定是能運用知識的工作。

此時的季曉正從遠方觀察待在氣墊床前方的助教。助教本名余陞，據說他的父親因為山難意外喪生，母親也因此成為植物人，助教每天下班都會去醫院照顧母親。

季曉回憶著從學校論壇查詢到的資料，助教有一張讓女學生想為他免費打工的臉蛋，但據了解，只要有學生來表明心意一律拒絕。所以那天看到的吻痕，應該是個例外吧？還是別有目的的吻？

季曉不由得看向老是黏在助教身旁的美玲。魏美玲，在論壇上有諸多美玲的傳言，像是她在酒店工作，母親似乎也是酒店小姐，更有許多她交友複雜的謠言。不過她私下會接妝髮設計，化妝出來的效果受到一致好評。

「你看助教站在翻身氣墊床前面，肯定是想到自己臥病在床的母親了……真可憐。」阿玖同情地凝視著助教，他的聲音讓季曉深入思考了助教的身世。

父親去世，母親成為植物人，在外人眼裡挺可憐啊。但假使這個前提讓徐皓楠順利扮起了余陸的角色呢？

這看起來真像虛構的故事，畢竟親戚朋友肯定會發現他是不同人吧。可假使余陸就剛好沒什麼朋友，也不怎麼跟親戚聯絡呢……

季曉若有所思地參觀遠澄家具設計公司的展示品，參觀完畢，眾人就坐在會議室聽公司簡報。季曉因為昨晚沒睡飽，又伴隨著簡報人員同頻率的說話速度，他變得頻頻點頭想打瞌睡，就在他差點就要睡著前用力睜眼，定神一看，發現自己面前多了一個杯裝冰淇淋。

職員正發給每位參訪來賓一盒杯裝冰淇淋，而坐在他身旁的助教卻遲遲沒有伸手拿取冰淇淋，季曉明顯看到他正一手壓住不由自主發抖的另一手，最後把異常的手收進口袋，要說出「不吃冰」這句話，彷彿費了他很大的力氣。

季曉有聽過別人不喜歡吃冰，但從沒聽過有人害怕吃冰。

度過了漫長的簡報時間，指導教授就先帶著秦梨、阿玖和美玲前往下一間實習公司，而季曉因為有論文要和遠澄設計公司的職員進行訪談，便和助教兩人留在此處。

也就是說，現在是季曉確認助教是否為兇手的大好機會。

職員帶領季曉與助教試用公司的展示品，助教果然對翻身氣墊床很感興趣，畢竟以助教的工作來說，不可能一直陪在母親身邊，長期請看護也是一筆龐大的支出，能以輔具來照護臥病在床的母親，或許是不錯的選擇。

季曉就站在助教的身邊，觀察對方無名指上的戒指，有著素雅曲線與俐落切面的戒指尺寸偏小，不像是男用戒指，而且在助教的無名指上形成凹陷。

「季曉，你餓了嗎？」

聽到余助教這麼問，季曉趕緊看了牆上的電子鐘，已經到下午四點多了，他們連午餐都還沒吃。「嗯，不忙的時候就開始餓了。」

「我知道有一間咖啡廳賣的三明治很好吃，等這邊結束後我就開車載你去吃。」

陸毅鋒趁護理師替他量好血壓，推著測量設備離開病房後，立刻拔掉點滴針頭，離開病房。

陸毅鋒混入來往的病患家屬中，去廁所換回原先的服裝，在離開樓層時，順手將病患衣服丟入污衣車內。

他搭乘手扶梯抵達一樓大廳，拿起手機一看，目前時間是晚間八點十三分，季曉的定位正持續移動。一出醫院他立刻招了台計程車，要司機前往季曉目前的定位位置。

寄宿在李世鎮家的時候，陸毅鋒就趁季曉睡著時拿了他的手機操作，分享了彼此的定位。

「司機，不好意思，可以開快一點嗎？」

季曉的定位停在一棟即將重建的危老大樓，抵達所在地點時已經將近晚間九點，陸毅鋒下車後旋即進入大樓內部。

原以為這棟大樓已經停止運作，未料電梯卻亮起了樓層燈，數字停在十七樓，估計是有人啟動了電源開關。陸毅鋒壓著隱隱發疼的側腹，坐進電梯，迅速抵達十七樓。

為了親手殺死兇手，替冤死的爸爸報仇，陸毅鋒等了超過五千個日子。每到自己的生日，他都後悔當初沒有任性阻止爸爸出門。就算談不成那份房地產買賣合約，至少爸爸現在還活著。

如果爸爸還活著，二十三歲的自己已經跟他去很多地方旅遊了，客廳牆上肯定也貼滿了兩人出遊的照片。陸毅鋒堅信，日子就算過得再辛苦，有摯愛的家人陪伴，那些痛苦都將化成幸福。

然而從爸爸死後，陸毅鋒已經不冀望未來可以得到幸福了。只要能親手殺死那個躲在陰影處，規避責任，扭曲事實的傢伙，就算往後因此成為殺人犯，甚至賠掉他這條性命也無所謂。

陸毅鋒推開頂樓的大門，眼前一名男子正站在破損的欄杆前，對方身上的淺色長大衣隨風飄逸，聽到了推門的噪音，對方立刻回眸看向陸毅鋒。

每次不是戴口罩、戴頭盔不然就是偽裝出現，這回，陸毅鋒總算看清楚兇手的長相。

如果這個男人從一開始就不存在，爸爸就不會死了！

陸毅鋒衝向那男人，朝男人的側臉用力一揮，男人立刻被打得往旁邊退步，就因為男人退開了，陸毅鋒才發現男人的腳邊正橫躺著季曉。

此時的季曉手腳都被繩索捆住，失去意識地躺在頂樓地板，而且前方正好沒有欄杆擋住，只要稍微轉身，很有可能就從頂樓落地。

陸毅鋒抱住季曉，想將季曉移動至安全的地方，但他所面對的，是殺了季曉數次的男人，對方根本不會給陸毅鋒移動的時間。兇手踹向陸毅鋒的背脊，並從身後抓起陸毅鋒，要他起身應戰。

陸毅鋒明白不可能一邊保護季曉，一邊對付兇手，為此，他得轉移兇手的注意力，免得兇手將季曉推下樓，

「我怎麼想也不明白，一個殺人兇手竟然還想殺死自己的同學？如果不是你威脅季震要殺了季曉，我爸爸也不會到現在還背負著嫌疑犯的惡名——」陸毅鋒對恨之入骨的男人嘶吼著。

「季震是跟你這麼說的啊？那就當作是這樣吧。」兇手邊說邊朝陸毅鋒揮拳，但也許是他還未盡全力，陸毅鋒很輕易就閃避了他的攻勢，並能快速反擊。

男人雖被揍了好幾拳，身子仍站得很穩。「反正你都要死了，就讓我告訴你真正的原因

吧。這世界上認為連譽祥是清白的人，就是你和季震，我當然第一個要殺死你，再來是害我沒能即時挽回母親性命的季曉和那些雜碎！以及想阻礙我計畫的季震！」

這句話讓陸毅鋒茫然了，挨了兇手一記拳頭，他的臉偏至一邊，但下一刻，陸毅鋒抓住兇手的肩膀，朝對方的額頭猛烈一撞並踹開對方。

這個真相顯然讓陸毅鋒充滿力量。

「那天，我看見你衝到派出所跟員警鬧，說你爸爸是清白的。所以我要殺了你，這麼一來這世上就不會有人再說連譽祥是無辜的了。但可恨的是季震居然發現了我的計畫，我那天不該逃跑，讓他握有我犯案的證據，我應該要早點殺了季震，再殺了你，最後殺死季曉。」

兇手摸著被撞暈的頭，恍惚地邁步朝向季曉的方向。在兇手持續暈眩而尚未站穩前，陸毅鋒抓緊對方的衣領，重擊著對方的下顎、臉骨，並將兇手壓制於大樓另一處的欄杆上方。

「你要為你所做的一切負責——殺了人、將罪行嫁禍給他人還預謀要殺死其他知情的人！就算殺死你，也無法彌補這些罪過！」

兇手的上身懸空在欄杆外，此時的陸毅鋒正用盡全身的力氣，想將兇手推下樓。

「只要你死了，一切都會恢復正常！」陸毅鋒對著兇手怒吼，他恨自己認為季震是為了季曉才藏起證據，從沒想過季震也在保護他。季震從沒將真正的原因告訴過他，使他單方面無法原諒季震，到季震死前都沒再見對方一面。

明明季震就像他第二個父親般的存在，他卻滿腦子只想報仇。

「真想讓你看看，現在的你跟殺人犯有一樣的表情。我應該熱烈歡迎你加入兇手的行列。」兇手說完，使力抵抗，抓著陸毅鋒的衣領，學陸毅鋒方才的攻擊方式，用頭撞開了對方。

陸毅鋒咬牙挺住了撞擊，仍繼續壓制住兇手。

此時，溫熱的風持續吹拂季曉的臉龐，就像一隻溫暖的手，正搖醒著他。

『季曉，人活在世上本來就不容易了。就算沒有想做的事也沒關係，只要想辦法活下去就好，沒有什麼比活下去更棒的夢想了。』

遙遠的彼方傳來了令季曉熟悉的男聲，正當他想仔細思考到底是誰對他說這句話的時候，槍聲讓季曉瞬間睜眼。

在季曉眼前，助教為了掙脫陸毅鋒的壓制，朝陸毅鋒的胸口開了一槍。

季曉努力回想自己為何會被綁住手腳，最後的記憶是吃完三明治之後，坐進助教的轎車，之後就沒有意識了。

季曉拼命地扭動身體，想趕緊從繩索中掙脫，但短時間內根本無法解開牢固的繩索，他看著陸毅鋒的那雙手仍抵著助教的胸口，想盡最後的力氣推兇手下樓。可是中彈的身體並沒有想像中的強悍，陸毅鋒反遭兇手壓制，倏地，兩人的位置互換，他被兇手用力推往即將脫落的欄杆處。

在四肢都被捆住的狀況下，季曉沒辦法立刻衝去解救陸毅鋒。

心裡不斷有個聲音告訴季曉，只要從這裡摔下去肯定會死，死了之後就可以回到過去，避免陸毅鋒被助教殺死。

但光是躺在沒有欄杆圍住的頂樓處，他的身體已經忍不住發抖了，怎麼有勇氣跳下去。

季曉再瞄向陸毅鋒，陸毅鋒已經沒有力氣了，滿身鮮血的陸毅鋒正看向他，發現他已經醒來，而且可能還察覺到他要做什麼，所以對他搖著頭。

可惡，連譽祥都已經無辜受牽連了，他不能讓陸毅鋒就這麼死掉。

季曉閉上雙眼，決定狠下心，往身後用力翻滾，身體正受到地心引力的影響而不斷往下墜落。

第六章　怪物的誕生

「只要跟著叔叔，叔叔就帶你去吃最好吃的冰淇淋。」

在父母上班的時間，男孩被寄放在奶奶家。原本想趁奶奶與鄰居聊天喝茶時偷跑去母親教書的大學，卻在途中遇到了穿著成套黑西裝的男人。

冰淇淋，那是母親不讓他吃的食物，因為他只要一吃就會狂打噴嚏。也許是被限制食用，男孩特別想念冰淇淋的味道，便牽著男人的手，讓男人帶他走過鐵鏽斑駁的紅色大門，上到位於五樓的公寓，進入男人的住處。

男孩從沒想到，當這扇門關上後所發生的事，會讓他往後成為怪物。

男孩在被警察救出時，只覺得自己的身體就像玩具一樣，被人折磨到就快壞掉，他的身上流了很多血，片段的記憶中，西裝男人在他耳邊興奮喘氣。在被警方逮捕時，男人回眸看他，告訴他，等到他長大後會再來找他。

只要一想起男人那對宛如黑洞般的雙眼，男孩的內心就恐懼得不得了，為了壓抑被黑暗侵蝕的情緒，他變得沉默寡言，因為太過認真看待事物會讓他過得痛苦，想將世界看得模糊點，好讓他不去在意自己曾被男人猥褻的事情。

原本和睦的父母變得時常吵架，母親堅持搬到別的城市居住，以防西裝男再來找男孩，父親只好調職到其他分公司。自此之後，父親經常調職，男孩也因此常常轉學。母親也為了盡可能陪伴他，辭去在大學教書的工作，轉而每週一次到社區大學教課。

雖然發生事件時男孩的年紀還小，但傷害卻烙印在男孩的心裡。只要遇到高大且穿著西裝的男人，男孩就會忍不住發抖。為了克服這道陰影，男孩竭盡所能讓自己變得強大。

二十六歲了，男孩變成了男人。推算下來，西裝男現在應該有四十幾歲了吧，他最該殺死的就是那男人！

徐皓楠眼前的黑暗視野逐漸被夜幕籠罩，六線道路的景象取代了回憶中的西裝男，他扶著額邊，清醒後，劇烈的頭痛隨之而來。凝視著擋風玻璃外的號誌燈還維持紅燈的狀態，這代表自己回到了幾小時前的過去，他正開車載著季曉前往危老大樓。

季曉選擇死亡，所以他也跟著重返過去的時間點了？

徐皓楠透過後視鏡看著空無一人的後座，此時的季曉正在這部轎車的後車廂內。

為了不讓陸毅鋒死亡，季曉竟然選擇從頂樓跳下去。就算季曉會復活，一旦死亡次數過多，最終也會渾身是傷。

徐皓楠對季曉薄弱的反擊能力感到失望。原以為十六年不見，季曉會比他當時遇見的模樣還更優秀更強大。

當初唯獨看見季曉時，他的世界是清晰的。

「你知道嗎？每個人都是不同的個體，應該擁有不同的思考模式與應變行為以及多種可能的未來。可是這世界的人類實在太多了，為了方便管理群體，只好用相同的教材、同樣的評分標準，讓每個人過上類似的生活，這反而制止了世界的進步。」

徐皓楠還記得那時候的季曉胸懷大志想要改變整個世界，那雙眼眸彷彿濃縮了整個宇宙，變得炯炯有神。

他曾經崇拜過季曉，究竟從什麼時候開始變了？

如果母親沒有離世，季曉大概會是他唯一的朋友吧？

徐皓楠轉動著無名指上的戒指，父母的房產和存款都拿去還債，母親唯一留下的遺物就是他戴在手上的這枚戒指。母親是他在世上唯一可以信任的親人，盯著這枚戒指，彷彿母親還陪在他身邊，同時，他能想像母親被迫服毒自殺，在死前有多麼不甘心。

一想到這裡，徐皓楠就用力踩著油門，飆速往前駛去。

他目睹過父親和其他女人在車內接吻，從父親不斷調職開始，就不斷出軌外遇。

徐皓楠的憤怒反應在過快的車速上，輪胎與柏油路發出的刺耳噪音令待在後車廂的季曉猛地睜開雙眼，腦袋裡還留有從高樓摔下來的劇烈痛感，臉骨、牙齒都疼得要命，更別說四肢了，他現在連呼吸都覺得胸口很痛。但唯有這麼做才能回到過去，避免陸毅鋒被殺死的路線。

季曉忍住痛苦，挪動眼珠，視野一片漆黑，試著移動四肢，發現自己還是被捆住手腳，他得想個辦法盡快掙脫繩索，徐皓楠和他一樣都有上一回的記憶，可能已經發現他是以自殺的方式重返過去，或許會提早把他殺了或是換一個新的場所。

季曉的手被捆在背後，所以他只能盲搜周邊，想找到可以割開繩索的器具。只可惜後車廂一點雜物也沒有，還聞得到芳香劑的味道，季曉只能改想其他辦法。他試著曲起被綁住的雙腿，要踹開車廂需要很大的力量，且只有一次機會，如果踹不開，聲音肯定會被助教聽見。但要是踹開了，他滾下去很有可能被後面的車輛輾過，而且就算跳下車，綁住雙腳的他也跑不過徐皓楠。

季曉轉過身，放棄跳車的選項，就在此時，他聽到了船隻鳴笛的聲音。

莫非徐皓楠要將他丟進海裡餵魚吃？

他已經覺得跳樓是最痛苦的死法，但對於旱鴨子的他來說，被拋到海裡或許會成最恐懼的死法！

就在季曉百般掙扎想逃脫此處時，車內傳來了聲音。

「你好，我是和你約好要面交的賣家，地點就在訊息說的那裡，待會見。」助教似乎在打電話，那聲音渾厚沉穩，語調輕柔，原來助教那沙啞的聲音全是裝出來的。

徐皓楠打完電話，突然將飆速中的車子用力往左轉，將車迴轉至對向車道，季曉差點整個人摔到右邊。

徐皓楠果然改變了犯案的場所。

潮濕的海風就像一把沙，用力灑在季曉的臉龐，那隱隱作疼的感覺讓季曉無法繼續裝睡了。那個可惡的兇手余陸——不，真正名字叫做徐皓楠的傢伙，居然公主抱著他！

既然是要把他丟入海裡餵魚，就用扛米袋的方式扛他不就得了！

「你是徐皓楠吧，為何用余陸的名字？身為教職人員，這應該不是你的假名。你用了什麼方式扮演別人？」

季曉不裝睡了，他瞪著那隻殺過他的手，雙手的主人既然不打算回話，那季曉就繼續說了：「你以前很崇拜某本小說的兇手不是嗎？因為他殺的全是被通緝的重刑犯。但是現在的你卻想殺我，你認為我是法律制止不了的重大罪犯嗎？」

「我說過，對我來說你就是罪大惡極的殺人犯。」徐皓楠終於回他了。

因季曉拾回了當時遺忘的片段記憶，這句話他總算是聽懂了。

「……因為我們約你出去玩，所以你來不及拯救你的母親？你真的認為你母親的死是我們造成的嗎？所以你是個毫無原則，只要自己認定，對方就該死的無腦殺人犯。」

這句話果然激怒了徐皓楠，他突然鬆手，讓季曉整個人摔落在地，甚至跨坐在季曉身上。季曉以為自己又要被勒頸了，但對方只是拎起他的胸口衣領。

「這麼久不見，你已經變成動不動就扯別人衣領的粗魯人？」

即便季曉想用聲音來引起周圍的人注意，才一直找徐皓楠說話，徐皓楠卻沒有動手打他，而是把他的衣領勒得更緊，且把季曉那張臉拉到自己面前。

「我不只想扯你的衣領，還想把你這對討人厭的眼珠做成標本。」

「徐皓楠，去自首吧，你殺了許怡仁，對吧？」

「……我還不會坐牢。那個人沒死，我絕對不會自首！」

季曉的衣領被勒得更緊了，他不曉得痛苦持續了多久。直到周圍傳來腳步聲，徐皓楠側頭一看，季曉目睹了徐皓楠瞬間脫力，不但鬆開雙手，還從他身上離開，躲進了黑暗的角落。

就見一名穿著作業員服裝，身形高大的陌生男子走向季曉，問著：「你沒事吧？」

多虧這男人幫忙解開繩索，季曉的手腳終於重獲自由。

季曉沒料到配角會幫他的忙，趕緊拖著沉重的身體逃往貨櫃區。

拴住船隻的鐵鍊被不平靜的海浪帶動，發出陣陣的噪音。即使沒有被浪花打到，穿梭在堆高的貨櫃區裡的季曉也覺得整身都被汗水與帶有鹹味的海水給滲透。

自從格鬥運動館重生後，季曉現在每一次的重生都會帶來前次死亡的痛感。因此以跳樓結束生命的他，四肢和軀幹甚至是後腦杓都疼到不行，想加快腳步逃出港口，雙腿卻像被支解過重組上去般難以控制。

港口還有些加班的作業員，季曉不知道逼近的吵雜聲究竟是兇手的，還是可以求救的人。直到雙腿已經跑不動了，季曉便躲進貨櫃區的狹窄走道內。

徐皓楠發現了自己說出不該說的祕密，想試著轉移注意力減低不斷萌生的恐懼，便向躲進貨櫃區的季曉喊著：「我已經膩了和你的關係，不如這樣吧，我們玩個小遊戲。」

徐皓楠將一名年約五十歲的資深作業員當作人質，慢步走向季曉說：「現在立刻蹲下，如果你逃跑，我就一槍斃了他。」

季曉只好按照徐皓楠的指示，跪坐在地。同時，他很擔心作業員見到了徐皓楠的臉，也許他照做徐皓楠也不會放過這名作業員。

然而季曉擔心的事情沒有發生，徐皓楠放了對方，可能也料到對方會去報警，徐皓楠便抓緊時間，從長外套的口袋中拿出兩支針筒。

「這一支是安眠藥，一支是毒藥。如果你選擇了安眠藥，只要有人來救你就有可能活著，而這個毒藥十五分鐘內你就會死亡。」

徐皓楠把二支針筒拿起來仔細查看，「你先選，選擇其中一個，我就打另一個，如果你睡了，我就會死。如何？」

「如果我死了就會重回過去，你也不會被逮捕。」

「但要是我死了呢？你或許就能回到現實，這是給你回到現實的機會。」徐皓楠把那兩支針筒放到季曉眼前。

這一路上，季曉被殺了數次，陸毅鋒也中槍過。老實說，季曉已經厭倦被追殺的命運，極想賭這一把。可是細思這兩支針筒如果都是安眠藥呢？一旦他失去意識，有極大的機率會被這男人殺死。

「我不想跟你玩遊戲。」

「反正對你都不吃虧，你選完我就先將另一個針筒打在自己身上，就算我死了也不是你殺的，這不是你最喜歡的路線嗎？不親手殺死任何人的路線。要是你堅持不玩，那我只好隨機挑一個作業員玩了。」

季曉的內心被徐皓楠的話動搖了，他看著徐皓楠將針筒放到地上，持續把順序交換，便指著左邊。

徐皓楠就將相對季曉而言右邊的針筒打在自己的手臂上，並將左邊的打入季曉的身上。

陸毅鋒清醒後趕緊查看時間。十點五分，比上次離開醫院的時間還晚。

即使重返過去，陸毅鋒的腹部還是像被燒出一個洞似地灼熱發燙。現在的痛楚讓他再次明白季曉雖然能死而重生，但那可是背負著極大的恐懼與痛感。

他不能再讓季曉瀕臨死亡了。

陸毅鋒趕緊拔掉點滴針頭，離開醫院的同時，冷靜回想當時的狀況。

季曉為了救他，選擇跳樓重返過去，如果他再執意親手殺死兇手，那麼最後死的永遠都是季曉或是他自己。

陸毅鋒自責即使用盡全力，單靠一人的力量也無法殺死兇手。因此他搭進計程車後，便打了電話給某人。

因為李世鎮擁有與季震相似的外貌，每當看見李世鎮，陸毅鋒便想起和季震一起用餐的回憶，可是一想到季震選擇保留證據而不是揪出真正的兇手，他便排斥這個懷念往事的自己。

萬萬沒想到，會從兇手口中得知，季震保留證據的原因有一部分是在保護他。

陸毅鋒對季震的事感到萬般懊悔。在現實世界，沒有李世鎮這位警察，但季震卻化身成他，或許季震想成為正義的化身，但現實的他到死都無法實現這個願望，所以把真相寫在這部作品，要透過小說出版的方式傳播給大眾知道，他的父親是被冤枉的。

「喂？請問哪裡找？」

熟悉的聲音令陸毅鋒下定決心，將他所知道的事情全告訴李世鎮。

「我是陸毅鋒，您現在方便說話嗎？季曉現在有危險了，我將他的位置傳給您。」

對於徐皓楠來說，那位非殺不可、有多起猥褻前科的男人，在這本書裡的工作是碼頭作業人員。

先把礙事的季曉解決之後，徐皓楠慢步走向港口附近的熱炒店。

方才的遭遇實在爛透了，徐皓楠沒想到會偶遇那男人，也再次證明他的身體會因為恐懼那男人而無法動彈，甚至讓對方解開季曉的繩索。

徐皓楠邊走邊將解毒劑打在自己身上，畢竟現在仍處於中毒的狀態，身體各方面還很虛弱，他只好減慢移動的速度。

熱炒店裡有幾名酒促小姐與借酒澆愁的工人，都還沒走進店裡，徐皓楠的手腳已經開始發抖了。

發生那件事之後造成了他諸多的不便，徐皓楠盡量避免接觸高大的西裝男人，原以為只要長到超過對方的歲數就能克服，沒料到要走向曾經猥褻過他身體的男人，跨出的每一步都如此艱難。

徐皓楠從未有如此心跳加速的時候。

意識到小時候發生過什麼事，徐皓楠便研究如何殺人，積極地獲取知識，擁有優異的成績，甚至是穩定的工作，全是為了要殺掉這男人他才努力地活下去。

然而正當他決定去殺死男人時，現實世界裡，那男人卻早已被車撞死。

他無從發洩的殺意，終於可以在小說裡完成。

他雖然很恨季震將他行兇的證據藏起來，但至少，季震給了他一個宣洩殺意的機會。他甚至覺得，季震將季曉安排成第一個被殺的砲灰，就是要他把想殺死季曉的恨意在小說裡宣洩乾淨，並且從每一次的殺害過程中發現季曉其實是不值得殺死的笨蛋。

徐皓楠不得不佩服季震的觀察力，季震設想得沒錯，依照這種發展，回到現實的他甚至連拉緊電線勒死季曉都懶了。

徐皓楠走向獨坐一張圓桌的男人，他根本不記得男人的長相，只知道這男人的姓名。

「我是跟你約面交的人，可以坐在這裡嗎？」徐皓楠說完，見對方頭也沒抬，只是揮了揮拿著酒杯的手。對方已經醉得連話都說不清了，徐皓楠便坐到他身邊。

他曾經想過對方應該是有多處傷疤、五官像惡霸的壞人，可實際上獨自喝酒的男人其長相十分普通且大眾臉，這樣的人走在路上，根本不會有人把他想成前科犯。

那年，他轉進季震負責的班級時，季震第一天就來他家做家庭訪問。或許季震看起來就是個老實人，母親才會透漏那男人的資訊給季震知道。

徐皓楠握住男人的手，雖然心裡有萬千隻手正把他拉進恐懼的漩渦中，但如果不這麼做，他無法殺死男人。

「我在附近的旅社訂了間房，今晚要不要跟我一起睡？順道試用一下你的貨是不是真品？」他早就知道這男人的性向，只是不清楚男人是否只對孩童有興趣而已。

徐皓楠感覺手就像爬滿了噁心的昆蟲一般，從手心蔓延至徐皓楠的整隻手臂，甚至往上攀爬到他的軀幹。當對方用握緊他的手來做回答時，這些無形的蟲已經攀爬到徐皓楠的全身。他敢確定，現在肯定露出了這輩子最沒用的表情。

陸毅鋒將季曉的情報告訴李世鎮後，兩人暫時分頭行動，他來到港口貨櫃中心。

現在故事還在推進，就表示季曉還活著。

然而港口貨櫃中心佔地面積廣大，依照目前臨時調來的警員人數不可能地毯式搜索，因此李世鎮先隨兩名警員到中控室調出監視器畫面，一查到資料立刻打電話通知陸毅鋒。

「陸毅鋒，季曉最後消失在永業冷凍倉儲。只不過徐皓楠已經離開倉儲，他前往的地方可能是……」

「不，我先去救季曉，徐皓楠就麻煩您追蹤了。」

陸毅鋒沒想到自己能輕易說出這句話，對他而言，親手殺死兇手理當是最重要的任務，他卻毫不猶豫前往倉儲中心解救季曉。他自己也不清楚為何會有這樣的情感變化，或許是季曉為了他從高樓跳下去吧？

陸毅鋒認為除了爸爸以外，不是誰都肯為他這麼犧牲。

而李世鎮擔憂陸毅鋒獨自前往倉儲會遭遇不測，他讓其他警員先搜索徐皓楠的行蹤，由他與陸毅鋒留在永業倉儲找尋季曉的下落。

李世鎮向倉儲保全調出廠內的監視器，發現監視器在季曉被帶進倉儲後都未有影像，便轉而與陸毅鋒在每個不同溫層的倉儲逐一調查。

陸毅鋒先前往超低溫冷凍倉庫，如果要盡快殺死季曉，徐皓楠肯定會選擇超低溫冷凍倉儲。

陸毅鋒穿上倉儲經理給予的防寒工作服，火速衝進倉儲內。

如果再晚點，季曉可能會凍死。

然而李世鎮卻捉住了明顯過於衝動的陸毅鋒，「我們分頭找吧，切記，遇到徐皓楠或是可疑人物時，不要主動出擊。你的傷還沒好，主動出擊沒有勝算。」

「知道了。」

李世鎮交待完，便拿起手槍往右邊調查，陸毅鋒則分頭從左邊找尋。

將整個左半邊倉儲都尋過一遍，還是沒有找到季曉的下落。

「陸毅鋒！」李世鎮的呼喊聲讓陸毅鋒旋即朝右邊倉儲移動。

李世鎮發現了一個詭異的行李箱，向倉儲作業員確認過，此行李箱並未被登錄在貨物條碼中。

打開一看，赫然發現裡頭有一對被鋸斷的小腿，以腳掌的長度判斷是男性的小腿，而皮膚上有多處瘀青，看來在被鋸斷以前，遭人毆打過。

砍斷小腿不會馬上就死，但會隨著時間流逝，失血過多致死。看見的當下陸毅鋒一度以為這是季曉的腿，但李世鎮依照腳掌的長度，推論傷者應該是身高超過一百八十公分的高大男性，季曉並沒有這麼高。

那季曉會被兇手藏在哪裡呢？陸毅鋒的腦海中突然浮現出穿越進小說裡時，看見扮成宅配員的兇手其身後的那輛冷凍貨車。

「可以讓我看一下你們的冷凍貨車嗎？或許我們要找的人被鎖在裡頭。」陸毅鋒問著。

倉儲經理雖然不太願意配合，畢竟他們的工作分秒必爭，但礙於有警察在場，最終還是妥協接受陸毅鋒的要求，帶著陸毅鋒與李世鎮來到停車場。

「奇怪，怎麼有輛車忘了熄火？」經理發現其中一台貨車還未熄火。

陸毅鋒趕緊打開那輛貨車的後車廂，發現昏迷中的季曉，便趕緊跳進車廂內，將身上的防寒衣蓋在季曉身上，抱著季曉離開貨車。

季曉先是感覺到涼爽的空調，隨即嗅到消毒用的酒精味。移動推車的滾輪聲音傳入他的耳邊，使他逐漸清醒，張開沉重的眼皮，想知道身邊究竟發生了什麼事。

但身體的疲憊感仍未消退，沉浸在黑暗的視野太久了，強烈的日光燈讓他想逃避一切，才睜開一下就又選擇閉上雙眼。

隨後，一股溫熱的觸感摸向他的額頭，使季曉想起了那兩支針筒，他被打針之後，徐皓楠就扛著他移動，沒多久他就失去意識了。他想知道自己究竟是死後復活還是選到了安眠藥，猛地睜開雙眼，就見陸毅鋒正收回撫過他額頭的手。

「還好嗎？」聽見令人熟悉的聲音真叫人安心，季曉邊想邊坐起身，他又被陸毅鋒救了。

「我沒事，只是身體很沉重。對了，有找到徐皓楠嗎？」

陸毅鋒搖頭，只將溫水遞給季曉，季曉解渴之後，將針筒的事情告訴陸毅鋒。

「我現在才想到，徐皓楠如果有毒藥，那手中一定有解毒劑。可是他讓我睡著，卻不趁機殺了我，到底是為什麼？我實在想不通。」

「我也以為他會將你放在負四十度的超低溫冷凍倉儲，但實際上他將你放在攝氏七度的冷藏車。」

季曉想起了徐皓楠提到某人而面露恐懼的神情，便說：「他曾跟我說，某個人沒死，他絕不會進監獄。如果我馬上死了，他就無法殺死那個人了，他不希望我礙事……」季曉邊說邊回憶著徐皓楠當時的異狀。

「事實上，在你失蹤的時候，我們發現了另一名被害者的一對小腿，但是被害者和徐皓楠至今尚未找到。」陸毅鋒知道再說下去，季曉可能會因為讓徐皓楠殺死無辜的人而喪氣，便改口道：「你肚子餓了吧？」

「……餓死了。」季曉摸著凹進去的肚皮，連續被下了兩次安眠藥，讓他身體沉重疲憊，肚子異常飢餓。

「醫院附近有二十四小時營業的速食店，我幫你買，不過你要吃的不知道現在還有沒有賣。」

「你怎麼會曉得我要吃什麼？如果你全說中，我就請你吃相同的一份。」

面對季曉一副不信的模樣，陸毅鋒便說了：「冰炫風、雞塊、咖啡？」

這是季曉大學時期必點的三劍客，沒有回嘴的餘地，季曉就把砲灰的手機交給陸毅鋒說：「裡頭有行動支付條碼，手機解鎖的密碼和支付密碼都是我的生日960318。」

「季震真的不時安排一些細節，讓你明白你就是砲灰角色呢。」

「但我已經知道父親為何要這麼做了。」

「讓你學習社會經驗？」陸毅鋒試著解鎖，這密碼的確沒問題。

「因為他要讓我能在現實世界中活下去。」

「怎麼說？讓你先知道兇手是誰嗎？」陸毅鋒雖然露出不以為意的神情，但這不影響季曉確信此事的信念。

「不只這個，他還要讓我熟悉兇手的手段，知道兇手害怕的事物，最重要的是——」季曉雖然不想承認自己不管是智力還是體力都輸給兇手，但藉由每一次的死亡，他可以換取到——「讓兇手洩憤。兇手在書裡讓我體驗各種死法，以他這種極端性格，有可能突然就膩了，對我沒興趣了。」

陸毅鋒想著如果是他，即使在書中殺了讓爸爸背負冤罪的兇手一萬次，也不足以讓他洩憤，所以他並不苟同季曉的理由。不過假使兇手對季曉的恨意本來就不深，只是純粹想體驗殺人的快感，那就另當別論了。

「好了，一直動腦肚子會更餓，你先躺著休息，我半小時後回來。」

陸毅鋒一轉身，發現自己的外套斜了一邊，側目一看，季曉正拉住他的衣襬，他看過季曉露出這種眼神過。

「我知道，我不會私下去找兇手然後殺死他，畢竟我也單挑過幾次都輸，我不可能笨三次。」

「不對啦！你忘了自己才剛手術完嗎？你這裡可是被開了一槍耶！還出去買什麼東西，給我回你原本的病房躺！我根本沒傷，我去買給你吃！」

季曉比著側腹的位置，並下床搶走自己的手機，甚至勾住陸毅鋒的手，直接把陸毅鋒帶回他原本該待的病房，並且和負責此樓層的護理師賠不是。

幸好季曉待的醫院和陸毅鋒的是同個醫院，他才能把陸毅鋒放回原本的病床上。

將陸毅鋒安置好之後，季曉立刻掀開陸毅鋒的上衣，陸毅鋒來不及想為何要被脫衣服，就被季曉拍了一下大腿。

「你看，傷口又流血了！」季曉迅速把衣服拉回原狀，「我去請護理師來看你的傷口順便去買餐，你現在什麼都不要想，專心調養身體。」

季曉盡力挪動腳步，不能讓陸毅鋒看見他身體沉重、移動緩慢的樣子。

他一面搭乘電梯，一面撥打電話給李世鎮。他得盡快把徐皓楠就是余陸，以及他的衣服上可能沾有徐皓楠的血液這些事告訴李世鎮才行，如果從血液中驗出的DNA和殺死王家禎與劉義德的嫌犯DNA吻合的話，李世鎮就能依法逮捕徐皓楠了。

港口，某道身影正站在岸邊，盯著慢慢沉入海底的東西。

他曾經畏懼的高大身影，如今被他鋸斷了雙腿，那身高理當不足以讓他害怕了。然而把剩餘的屍塊投入海底，任由海中生物吃光那個人的肉，心裡的陰影卻沒有跟著消失。

他摸著發疼的頭，因為曾經毒殺過許怡仁，不小心吸入到氰化物的粉末，頭疼就一直伴隨著他。果然殺過人之後，就不能過普通人的生活了。

他害怕被判刑，卻沒有好好處理兇器，一味逃走才讓季震發現了他殺害許怡仁的證據。他原本可以從季震手裡奪回證據，但小時候的陰影，讓他對於身高超過一百八十公分的季震感到懼怕，所以他無法親手殺死季震，只能以這種方式……

徐皓楠想到這裡就覺得好笑，居然是等到季震死後才能拿回證據，而且還沒得到手就穿越進季震所著作的小說裡。

季震想把真相寫成小說出版，要讓世人知道殺死許怡仁的兇手不是連譽祥，而是年僅十歲的小孩。

徐皓楠除了要拿走證據之外，他前來季震的家，也想奪走文稿檔案。反正季震在網路上的連載還未公佈兇手是誰，只要當作是季震未完成的遺作，就不會有人知道真相了。

他以殺死連譽祥的孩子和季曉當作威脅，原以為季曉會是阻礙他的罪魁禍首，沒想到他低估了陸毅鋒的決心與實力，相較之下，季曉根本不算什麼。

有了新的殺害目標，徐皓楠也暫時擺脫了被困在過去的恐懼，提步離開岸邊。

季曉在排隊的人龍中無聊地看著速食店菜單，以往都是點點心，這次乾脆點個套餐來吃吃看好了。

忽然有人抓著他的肩膀，季曉下意識想反擊出拳，對方卻牢牢捉住了他的拳頭。

「嗨！」

季曉沒想到陸毅鋒居然跟來了。

「嗨你個頭！你怎麼又跑出來了？天啊，我要怎麼跟護理師交待……上次量血壓就夠給她添麻煩了。」

「你對病人都是這麼兇的嗎？」

「這種時候你才會說自己是傷患啊！」季曉瞪著陸毅鋒，「算了，既然你都來了，直接內用餐點也比較好吃。」

季曉點好餐就先找到空位就座，數分鐘後，陸毅鋒也坐到他的對座。

兩人又像最初來到小說世界那樣，吃著速食餐點。

但說是最初，其實也不過是幾天前發生的事情，明明只相處了幾天，季曉卻覺得因為一起患難而與陸毅鋒拉近了許多距離，好像兩人已經是認識多年的朋友一樣，也許兩人都把最糟糕的一面給對方看過了吧？例如自己瀕臨死亡的模樣。

「我說啊，你不覺得我比你以前遇過的人還……棒嗎？」陸毅鋒說。

季曉把陸毅鋒的話當作是正在拆開漢堡包裝紙，太無聊所說的話。

「什麼意思？」季曉喝了一口咖啡，想聽聽陸毅鋒還有什麼奇怪的話題想聊。

「要不要當我的初戀？」

季曉把嘴裡的咖啡給噴了出來，「啊啊！在這種時間點？而且又經歷過那些事，你怎麼可能會說出這種話，你是誰？難道徐皓楠會易容術？」

季曉知道現在短暫的寧靜，可是暴風雨前的寧靜，不能就此鬆懈。

但陸毅鋒卻捏著自己的臉頰，並往外拉，說：「我是陸毅鋒。」

季曉避免自己又吐出咖啡，先把飲料推到旁邊去，思索了一會兒，大概明白陸毅鋒的用意。「你是因為我上次說的話吧？說我不喜歡任何人嗎？你不需要為了同情我而說這種話。」

「你怎麼會覺得我在同情你呢？」陸毅鋒這段時間跟季曉相處，就某種意義來說，季曉很有趣，是個膩在一起不會無聊的人。但讓他說出這句的最大因素不是這個。

季曉為了不讓他死，從高樓直接摔下去回到過去的時間點。除了他的爸爸以外，從來沒有人會為了他做到這種程度。

陸毅鋒伸手摸向那佈滿瘀青的手，季曉不想犯法，所以一直被徐皓楠殺。這些傷口猛一看還以為季曉被家暴呢，不知道回到現實後，這些傷口是否會消失？

「除了我以外，你還會為了怕誰死亡而跳下去？」陸毅鋒問。

「我爸媽。」季曉照實回答，這個答案卻讓陸毅鋒有了笑容。

「這不就是你對我的答案嗎？我在你心中已經榮升到家人的地位。」

陸毅鋒這麼說也有道理，但季曉想替自己的行為多做解釋：「我對你有很多愧疚的地方，像是因為我的父親將證據藏起來，所以你爸才會被冤枉。」季曉雖然認為陸毅鋒是在開玩笑，可是陸毅鋒的眼神很認真，所以他也得認真想清楚自己的想法。

這種時候，季曉想起了魏美玲說他戀愛經驗幼稚園。因為他不願意承認自己就算談過戀愛，經驗還是不足，因此音量加大地說：「我說啊，你喜歡男生嗎？如果不是的話，以後別隨便跟人這麼說，不然對方會覺得你很輕浮，而且可能會想揍你。」

「是嗎？」陸毅鋒收回手，「你現在有預備要出拳了嗎？」

季曉搖著頭，「我們都一起經歷生死了，怎麼會生氣？」

「你討厭我嗎？」陸毅鋒拿起雞塊，咬下去，咀嚼吞嚥的這段期間，眼神完全沒有離開季曉。

「我不會跟討厭的人一起吃飯。」

陸毅鋒點點頭，「我也是，我只跟喜歡的人吃飯。」

季曉偷偷倒抽了口氣，陸毅鋒到底是怎麼了？他在陸毅鋒身上完全看不出喜歡他或是對他有好感之類的強烈感覺，頂多就是可以成為很好很好的朋友。

季曉來不及回嘴，陸毅鋒又說了：「你看你，為何老是想為自己的行為解釋？就好像你不願意承認，其實你對我有好感？」

這次，季曉真的出拳揍了陸毅鋒的腦袋。季曉認為自己年紀比較大，所以出拳應該很合理。

陸毅鋒壓著被打疼的頭，雙眼仍不離季曉。「所以你是害臊了只好打我？」

「陸毅鋒，現在真的不是開玩笑的時候。」

「我也在說真心話。真的，謝謝你為了救我從那麼高的地方摔下去，那是沒有人敢體會的痛楚，真的很謝謝你。」陸毅鋒低下頭，「我很抱歉，執意要親手殺了徐皓楠，才讓你不得不往下跳，但是答應我，下次絕對不要選擇了結自己的生命，好嗎？」陸毅鋒雙手握住季曉的一隻手，季曉現在總算明白陸毅鋒是想要道歉，才會拐彎抹角說了這麼多不像他會說的話了。

陸毅鋒最愛的父親就是自殺身亡，而且當時陸毅鋒轉述過去給他聽的時候，季曉感覺到陸毅鋒非常自責。因為自己的生日禮物，讓父親陷入風波，所以陸毅鋒很擔心自己的行為又會害到他。

季曉試圖想把陸毅鋒的情緒給拉回來，便順著陸毅鋒剛才的話題提問：「我想問，當你的初戀有什麼好處？」

「至少你可以吃到三劍客以外的美食。」

陸毅鋒說了季曉以前大學常跟同學說的話，季曉感覺到臉頰在發燙。

「喂，你居然是因為被我知道咖啡、冰炫風、雞塊的稱號才臉紅，而不是我剛剛的初戀提議？」

「當然啊，我沒想到那時候你就注意我了。」

陸毅鋒再咬了一口漢堡，雙眼仍不離害臊中的季曉。這麼說也是，他很早就在關注季曉的社群帳號了，所以才會在季曉發文尋求搬家清掃時立刻私訊過去。

「吃完飯，就回去醫院躺著，我會陪你回去，監視你不准你擅自離開醫院。然後趕快找到徐皓楠，盡快回到現實。到時候我會跟你一起找證據。」季曉說完，終於開始吃起雞塊了。

陸毅鋒盯著大口吃肉的季曉，這麼一想，他很早就把季曉的行為都記在心裡了。

根據季曉衣服上所沾染的血液分析報告，ＤＮＡ與殺害王家禎與劉義德的嫌犯ＤＮＡ吻合。

徐皓楠目前以「余陞」的身分犯案，加害者與被害者之間欠缺了關聯性，但李世鎮稍早前接到季曉的電話，清楚余陞的真實身分就是徐皓楠，也就是懸案裡服毒自殺的父母所遺留下來的孩子。

而且不知道徐皓楠是粗心或是刻意，在永業倉儲中心找到藏有一對小腿的行李箱中遺留了一把小刀，那把小刀上殘留的血液經分析過後顯示是小腿主人的血，而上頭還遺留了被害人以外的血液，鑑識中心以極快的速度分析，確認鋸斷小腿的嫌犯和殺害王家禎與劉義德為同一人的ＤＮＡ。

隨後，根據偵查人員徹夜調查的報告顯示，港口附近的欣亞旅社因為當天來客量不多，所以記得晚間收取一名男性的證件，入住為兩名男性，但後來櫃檯人員因為夜間交班，沒注意到離開的人數，只收到對方歸還在櫃台上的房間鑰匙。

進入旅社的鑑識人員表示，第一時間未看到任何血跡，後來從浴室現場採集到了生物跡證，研判是在浴室犯案。

警方搜索港口附近，試著找尋失去雙腿的主人下落，但至今尚未找到被害者。

就在一切即將水落石出之際，李世鎮接到了來自鑑識中心主任葉宗漢的電話，說在十六年前保管的證物中，找到了連譽祥以外的生物跡證，同時也確認和上述所說的事件兇嫌為同一人。

余陸成了包括許怡仁在內，四位被害者的首要嫌疑犯，警方們正全力將失蹤的余陸逮捕歸案。據說，余陸的母親所住的醫院發布病危通知，警方已在醫院進行埋伏。但李世鎮不認為徐皓楠會冒著被逮捕的風險去見別人的母親最後一面。

李世鎮隻身來到季曉與陸毅鋒所待的醫院。倘若徐皓楠已經豁出去了，很有可能會在逮捕前殺死季曉。

就在李世鎮停好機車，拿掉安全帽的時候，一陣耳鳴，讓他的身體頓了一下。自從遇到季曉之後，他時常聽到某人在跟他對話，而且那是自己的聲音。

李世鎮試著不去理會這些雜音，趕緊進到醫院與季曉會合。

深夜的病房，充斥著隔壁家屬的打呼聲以及陸毅鋒熟睡而穩定的呼吸聲。

——要不要當我的初戀？

季曉從旁邊的躺椅坐起身，怒瞪著陸毅鋒。

陸毅鋒可好了，說了這麼不負責任的話，回病房就可以呼呼大睡，他卻因為在意得不得了而睡不著！而且肚子還一陣一陣地絞痛著。

瞧陸毅鋒還微張著嘴，睡得還真沉啊，季曉忍住想揍他一拳的衝動，決定去上個廁所再回來睡。

然而在陸毅鋒所處的四人病房內的廁所正亮著燈，雖然裡頭沒有聲音傳來，但季曉試著轉動手把，門是鎖上的，季曉只好走出病房，使用這層樓的公用廁所。

就在季曉解放了今晚吃的食物之後，他發現廁所門推不開，他被困在裡頭出不去。

季曉擔憂地看著天花板，沒有任何人把硫酸潑下來，排氣孔也沒有冒出毒氣。他再往底下看，也沒有水從底下淹進來。季曉試著把耳朵貼在廁所門上，外頭靜悄悄的，應該不會在安靜之後，有個斧頭砍穿這道塑膠門，而且剛好就出現在他的頭頂上吧？

季曉慢慢地挪動眼珠，確認頭頂上沒有斧頭，他便用身體撞門，撞了幾次還是推不開，他直接退後，把門給踹開，卡在門上的拖把瞬間被季曉踢飛，但因為平常不怎麼運動，季曉還是踉蹌地往前倒了幾步，才穩住身體。

季曉趕緊從廁所衝了出來，撞向也前來廁所的另一名家屬，詢問：「請問你剛剛有看到別人經過這裡嗎？」

「有個小孩剛剛跑走了。」

居然是小孩對他惡作劇？看來大部分的配角們都站在兇手那邊。如果劇情要他被困住，就表示兇手會利用這段時間行兇。

季曉急忙跑回陸毅鋒待的病房，其他病人都熟睡了，但陸毅鋒待的病床卻空了，只留下一封信。

『——如果要救陸毅鋒，就來頂樓找我。』

沒想到徐皓楠會留這種從報紙剪字下來的恐嚇信，季曉等不及電梯，立刻走逃生梯衝上醫院頂樓。

他撞開發出生鏽噪音的鐵門。

眼前坐在輪椅上的人正是陸毅鋒，而且他的身子傾倒，手裡還吊著點滴，季曉立刻意識到點滴裡肯定被加了什麼。

畢竟徐皓楠身邊似乎有用不完的氰化物和安眠藥，季曉有種這個小說世界在替徐皓楠開外掛的感覺。

「你的表情不是很驚訝，應該猜到我在點滴裡放了什麼。」

徐皓楠就推著輪椅，季曉不敢激怒徐皓楠，要是對方一個不爽，把輪椅推下去，陸毅鋒就必死無疑了。既視感令季曉想起上次自己也是手腳被捆綁，差點被徐皓楠推下去，不禁在心裡吐嘈這次的死法了無新意。

季曉不確定自己練的防身術有沒有用，應該是說，依照多次的經驗來看百分之九十五沒有用，但他不想要陸毅鋒死，百分之兩千不希望他死，不僅只是愧對於陸毅鋒的父親而已。

這時候只能豁出去了。

「你這姿勢，是想跟我搏鬥嗎？你是寧願自己死，也不要看見陸毅鋒被殺？就讓我為你們動容的情感獻上祝福，讓你們死在同一天！」

季曉早就想出拳揍一頓徐皓楠了，至少揍一拳也好，所以在徐皓楠還沒說完，他就衝過去揍了那張臉！

徐皓楠沒反擊，只是被季曉打了之後，臉偏了一邊，但他的身體仍站得很穩，完全不受季曉的攻擊影響，季曉趁勢又揍了左邊一拳，想再揍第三拳時，徐皓楠退後了，身體同時撞到了輪椅，陸毅鋒坐的輪椅又更接近頂樓邊緣，季曉見狀收起了拳頭。

為了陸毅鋒而不再主動攻擊的季曉，令徐皓楠看得心煩，索性卯足全力揍向季曉。

徐皓楠從季曉的側臉偏向下巴的地方用力揮拳，光是這一拳，季曉就感覺到強烈的耳鳴，整個頭殼瞬間共振到眼前一片白光，強烈暈眩讓他只能屈膝跪地，感覺到嘴裡滿口的血味，大概是有牙齒被打斷了。

「季曉，明明小學的時候那麼強，為何活到二十六歲會變成這副普通人的樣子呢？」

雖然力量懸殊，但季曉不能逃跑，如果逃走了，陸毅鋒真的會被推下去。陸毅鋒一直在找證據證明連譽祥的清白，他的存在對徐皓楠往後的人生不利，肯定是徐皓楠要殺的名單之一。

季曉曲著雙臂擋住頭部，一旦被踢到下巴，很有可能就會瞬間暈過去。他只能一邊挨揍，一邊用另一種方式減低徐皓楠的攻勢。「所以你殺了那位把你變成怪物的人了，是吧？」

一旦提到徐皓楠害怕的那個人，季曉感覺到徐皓楠的拳頭就沒有方才這麼精準有力。

「是啊，除了小腿以外的地方，全都成為魚的宵夜。」徐皓楠決定不再浪費時間，他直接跨步，朝季曉的耳邊旋踢過去。

季曉下意識地跪坐在地，躲過了攻擊，然而徐皓楠站穩後，準備再次踢擊，季曉無法馬上逃脫，眼看已經無處可躲，他只能再次曲臂擋住頭部，咬緊牙根。

然而並沒有季曉預料中的攻擊，定神一看，陸毅鋒正從徐皓楠的背後勒其頸部，正當另一手想要壓下徐皓楠的後腦杓時，徐皓楠旋即彎身，將陸毅鋒過肩摔向地上。

徐皓楠訝異著陸毅鋒竟然沒有睡著，而這一摔，曾經被陸毅鋒砍傷的肩膀也再度滲出血來。他壓住裂開的傷口，往後退去。

徐皓楠沒了選擇，他拿槍指著季曉，將季曉當作人質，慢慢地退後。

「我就怕你會在點滴裡動手腳，所以只打了一點就拔掉，病床下方大概溼了一大片吧。」陸毅鋒說。

然而真正讓徐皓楠退去的原因是出現在頂樓大門口，拿著警用手槍指向他，慢慢走近的那男人。

「……不可能，你不是已經死了嗎？」

拿著手槍逼近他的人正是李世鎮，徐皓楠看見那張「季震」的面容當然會驚訝，但隨後又想起這是小說世界，人死而復活一點也不奇怪。

即便李世鎮的出現擾亂了徐皓楠的思緒，但他架住季曉的力量不減反增。

「徐皓楠，我將依法逮捕你，你可以保持沉默……」

「住口！你沒有資格逮捕我！」

李世鎮話還沒說完，徐皓楠就帶著季曉快步往後退，既然無處可逃，那他只有一個選擇。

「季曉——」

季曉的耳邊還留有陸毅鋒的喊聲。

這瞬間，徐皓楠帶著季曉往後跳，兩人同時從醫院頂樓墜落。

第七章　過去的傷痕

「圖中等腰三角形其頂角50度，求角A的度數？等腰三角形的兩個底角度數相等，解答方式為（180-50）/2=65度。」

季曉睜開雙眼，眼前是寫滿數字的黑板。他對當時的數學老師沒什麼印象，但黑板上的內容顯然是小學程度的數學。

幸好季曉待不到五分鐘就響起下課鈴了。鈴聲一結束，一顆籃球就砸中了坐在季曉旁邊的劉義德。

「肥豬、肥豬！一天到晚都坐著不運動！」

「都吃『噴』長大！」

季曉看著劉義德正彎身撿起被打掉的眼鏡，因為肚子太大，他費了些功夫才撿起它，這又引起那群孩子一陣嘲諷，爭相模仿他大肚子彎腰的模樣。

季曉實在忍不住了，用力拍桌，現在的他根本沒心情管這群臭小孩的童言童語，但為了趕快釐清現況，他還是說出了那句改變劉義德的台詞：「你們吃進去的東西差不多都浪費在馬桶裡了，但劉義德卻很有效率地長在身上……你們應該要崇拜劉義德的體重，而不是笑他胖。」季曉自認沒什麼口才，但很會亂掰歪理。

此話一出，這群小孩果然都閉嘴了。

畢竟他是副班長，成績不是第二就是第一，他的話可以唬人！

「總之，你們要檢討自己！還有，豬的智商很高，別再拿豬開玩笑了！」

季曉並不知道自己說完後，劉義德投以多麼崇拜的眼光，目送他離開座位，走到門口與班長會合。

「阿曉，老師要我們去找他。」呼喚他的男孩是小學高年級皆擔任班長的王家禎。

季曉走在熟悉的學校長廊上，推論自己大概是跟著徐皓楠一起摔死了，重生後回到比以往經驗更遙遠的過去——小學五年級。

徐皓楠這傢伙居然讓他再次跳樓！不過這回跟前幾次死亡重生的感覺不同，季曉將雙手往前伸，上頭沒有瘀青，跳樓的痛楚也只停留在死亡的那一刻。而且他現在很自然地跟著班長走向教師辦公室，彷彿身體裡還住著小學五年級的自己，很習慣這裡的生活。

季曉瞄著王家禎手上那疊作業本上的第一本，名字寫著「劉義德」而非「劉益德」，表示他還待在父親著作的書中。

「今天真的要和徐皓楠出去玩嗎？他平常都不怎麼跟人說話，我覺得他有點奇怪。」

季曉沒想到王家禎會說出他所想的那個人。瞧著說話有些氣憤的王家禎，季曉真心佩服王家禎從小就察覺到徐皓楠是個變態了，畢竟可以毒死大人，還可以刺死他毒死他，這已經是殺人魔的程度了。

兩人還未走進教師辦公室，就聽到裡頭有個正在怒吼的男孩聲音。

「我媽會被毒死！如果我媽有三長兩短，我真的會殺了你——」

季曉冷靜地拉開辦公室大門，眼前的徐皓楠像頭野獸一樣不斷對導師怒吼，身體被教務主任與學務主任架住。

在現實世界裡，當時的班導是季曉的父親季震，但此時在季曉眼前的是一張陌生臉孔的男老師，這又再次證明季曉還待在小說世界中。

「這孩子是被附身了嗎？他今天要翻牆蹺課被抓到，現在還對我鬧脾氣？」

徐皓楠立刻瞪向季曉，那眼神看不出來是拜託他幫忙，所以季曉也只是跟著王家禎把作業本交到老師桌上，就轉身想離開辦公室。

徐皓楠見到季曉要走，立刻抓住無視自己的季曉喊說：「如果你不幫我，我現在就殺了你！」

「徐皓楠！你今天怎麼老是說殺死人的言語！你再無理取鬧我就要叫你父母來學校了！」因為平常徐皓楠總是沉默寡言，反常的行為惹火了導師，不過這正中徐皓楠的要求。

「好啊，你現在就叫我母親來！」

「這孩子怎麼突然變成這樣。」

徐皓楠期盼導師會打電話給他的母親，但很顯然，這會違反配角們協助讓劇情與作者設定吻合的任務，於是徐皓楠便緊拉著季曉不放，小聲說著：「今天是我父母自殺的日子。」

大人版的徐皓楠，確實有著強大的力量可以壓制成年男子，不過現在的徐皓楠身高只有一百四十五公分，季曉根本不怕他。

「阿曉，走囉。」王家禎在門口呼喚著，季曉再度提步向前，徐皓楠的另一手也抓住了季曉。

「……拜……託……幫……我。」

擠出這幾個字彷彿要徐皓南的命，不過季曉聽了神清氣爽。

季曉突然摸著腹部喊：「好痛！」他趕緊抓住徐皓楠，並跟一旁焦急想攙扶他的老師說：「老師，我好像中午吃壞肚子了，我要去保健室一趟……」

果然老師對他的話有些起疑，畢竟現在已經是最後一堂課了，現在才痛有點過慢。

「是午餐吃壞肚子了嗎？要我陪你嗎？」

王家禎要接近季曉，季曉馬上抬手回絕：「不，我讓徐皓楠陪我去，順道讓他情緒冷靜點。」

季曉看著老師，老師也拿徐皓楠沒辦法，但看徐皓楠似乎很聽季曉的話，就答應了他的提議。

季曉拖著步伐，強推著徐皓楠離開教室辦公室。

直到兩人走到轉角，回頭查看已不見王家禎的身影，他們立刻拔腿快跑。

兩人來到學校側門，立刻翻牆離開學校。這可是季曉第一次蹺課，但他一點也沒有罪惡感，因為他明白今天是讓徐皓楠成為殺人犯的關鍵點，必須要阻止憾事發生，改變未來。

季曉拉住想闖紅燈的徐皓楠，冷靜道：「如果你爸執意要服毒自殺，光靠我們是無法阻止……」季曉邊說邊打電話，他正要打電話報警，就被徐皓楠搶走了手機。

「我其實有很多殺死你的方法，例如剛剛就把你推出去，讓那輛聯結車輾過你的身體。」徐皓楠還想說什麼，季曉卻揍了他一拳，那拳頭真的把他的臉頰打紅了。

徐皓楠摸著發疼的臉，眼淚不爭氣地流了出來。

「現在的你根本推不動我，還想要阻止你爸？你連殺人都用毒殺方式，根本就是個臭小孩。我可以不去救你父母，但因為你父母死了會讓你去殺死家教老師，會害我朋友的爸爸被冤枉成兇手，更會害我爸得一輩子忍受你的威脅，所以我才勉為其難去救，你最好廢話少說，收起你的脾氣去阻止你爸！」

季曉把折疊手機搶了回來，一邊跑一邊打電話求救。

都已經說明了徐皓楠的父母可能會發生的狀況，但接案的警察卻覺得他是小孩子，消極地把這些話留作紀錄備案。

季曉決定打給李世鎮。李世鎮深愛他的孩子，期盼孩子會打電話給他，也許這十六年間李世鎮不曾改過手機號碼，所以季曉輸入著當時替李世鎮寄送信件，從信封上看到的寄件人手機號碼。

響了幾聲，接起電話的那一頭傳來李世鎮的聲音。

「喂？您好，您是李世鎮吧？抱歉我不是惡作劇電話，但想跟您說有一家人可能待會會服毒自殺，不要問我為什麼知道，但您能不能到現場阻止他們？我們也會過去。」

徐皓楠轉頭瞪著他，一副他這麼說更可疑的模樣，但季曉聳著肩，他沒有更好的理由，徐皓楠又將手機搶了過來。

「喂，抱歉，我剛剛在搭電梯沒聽清楚。」李世鎮說著。

「你好，我是那個家的鄰居，剛剛持續聽到有女人呼喊求救的聲音，我們懷疑是有人被家暴，麻煩你們盡快到現場處理好嗎？已經連續好多天了，我提供你地址。」

「好，我馬上過去。」李世鎮本來還想說什麼，但徐皓楠說完立刻掛斷電話，把手機丟還給季曉。

「我看你的巔峰時期只有在小學，小時了了大未必佳！」

季曉收回手機，雖然很生氣但他沒有反駁的餘地，徐皓楠的說法確實可以加快警方趕到現場的速度。

報警後，兩人沒有花太多時間便抵達徐皓楠的家。

季曉在前往的途中有私自想像徐皓楠家的模樣，可實際出現在眼前的卻比想像中還美化了數倍，是一棟有前庭後院，還有圍牆的歐式別墅，很顯然徐皓楠家境富裕。

然而徐皓楠的父親卻因為欠下龐大債務而自殺，季曉不禁想著，到底是欠下了幾千萬呢？還是上億元才會走投無路？

徐皓楠推開大門，季曉看見了被細心照顧的玫瑰花園並踩過長方形的花崗岩庭院踏石，跟著徐皓楠走進屋內。

一進玄關，兩人所見的卻和想像中的不一樣。

客廳桌上擺了一瓶紅酒與玻璃杯，地上有破碎的馬克杯與已經倒臥的男主人。而徐皓楠擔心的母親此時正站在廚房，手中的酒杯已空。

徐皓楠趕緊抱住還存活的母親，徐皓楠提早放學令張秀蘭感到很驚訝，一轉身，發現還有一名同學目睹了這一切。

「阿楠？我不是聽說你今天要跟同學出去玩嗎？」

不管張秀蘭要說什麼，此時的徐皓楠緊抱住他思念已久的母親。他心疼著母親臉上和頸部都有瘀青，方才肯定是跟父親大打出手了。

張秀蘭也彎身抱緊孩子，原本想忍耐的眼淚因為見到心愛的孩子而哭了出來，那夾帶著罪惡感和不捨的情緒逐漸潰堤。

「對不起，阿楠。我一直都知道你爸和家教老師外遇，我一直在忍……忍耐著他們主動分手，可是他居然聽信那女人的話，把錢全部投資在空殼公司，甚至還買給那女人房產……我實在無法原諒他。」

「後來，我發現他準備了毒粉，想要我們全家人一起死。我無法原諒他想帶走無辜的家人……所以我……藉由跟他吃完最後一餐，把他毒死了。」張秀蘭一面哭，一面注視著待在玄關處的季曉。

「你是季曉吧，阿楠曾經提過你，謝謝你們要帶阿楠出去玩，不然阿楠可能就會被親生爸爸殺死……」

徐皓楠在母親的懷中搖著頭，「不是的，這一切不是真的，全是季震捏造的謊言！現實不是這樣的！媽媽，一定是爸爸逼迫妳喝毒藥才死的。是季震扭曲了現實，讓媽媽頂了所有的罪。我要殺了季震！那傢伙隨便編出這種故事來欺騙讀者！」

張秀蘭知道徐皓楠因為她的事情才會情緒崩潰，趕緊蹲下來，捧著徐皓楠的臉龐，要他正視著自己。「對不起，阿楠……如果那一天，我不把你放到奶奶家，你就不會遭遇不幸。」

季曉目睹徐皓楠的表情全都僵住了。

「媽媽，妳為何要這麼說？我沒有不幸，我過得很幸福！是因為失去了妳，我才過得不幸，我才變成了……怪物。」

張秀蘭摟著呼吸急促的徐皓楠，並撫著他的背脊，試圖幫他順氣。「對不起，媽媽想阻止爸爸，所以先毒死了爸爸。我很怕坐牢，原諒媽媽以這種方式贖罪。」張秀蘭邊說邊大口吸氣。

「媽媽，別說了，只要趕快就醫，他們會替妳打解毒針，現在妳先休息別說話。」

張秀蘭握緊徐皓楠的手，全身顫抖淚流不止的狀態也要把話說完：「阿楠，你絕對不能跟你恨的人一樣……成為罪犯……」

張秀蘭說完，虛弱地靠在徐皓楠身上。

隨後，警方協同救護車一起抵達現場。救護人員趕緊將張秀蘭抬上擔架，李世鎮也同時趕到現場。

徐皓楠一見到擁有季震長相的李世鎮，突然衝向李世鎮，用力捶打著對方的身體。

「這不是真的，這一切全是你編造的謊言，我母親絕對不是兇手！她是被害而服毒自殺。你這個可惡至極的作者，居然撒了這麼大的謊言，還想把這本書出版公諸於世。要不是許怡仁，我的母親也不會服毒，都是那個臭女人害的。」

李世鎮只是沉默地被孩子一拳一拳地揍著。

「這是你創造的世界，這不是現實！是小說世界，想起來吧！你根本不是警察，是個編造謊言的作家！我母親絕對不是殺死父親的兇手。」

徐皓楠說完，周圍開始搖晃，甚至上下劇烈震動，季曉躲在沙發椅旁，這地震程度至少有五級，隨後，宛如爆炸聲響的巨雷落在了住處附近，停在外頭的幾輛轎車響起了警報聲。滂沱大雨籠罩整個城市，李世鎮盯著縮在沙發椅旁的季曉，即便徐皓楠仍在歇斯底里的狀態，李世鎮仍走向季曉，蹲在他的身邊。

地震又再度來襲，所有的警消人員都處於備戰狀態，李世鎮的情緒卻十分平靜，因為他終於明白，這是他所創造的世界。受到徐皓楠說的話影響，內心起了一陣強烈的波動，使得整個小說世界轉眼間就像黑夜似地烏雲密布。

「季曉，對不起，沒能陪在你身邊……」

李世鎮的聲音令季曉抬起頭，客廳中央的水晶燈持續晃動著，李世鎮卻一點也不害怕，他抱住年幼的季曉，深怕季曉會因地震而恐懼。

這是在現實世界不會再有的擁抱，季曉也緊緊回抱住他。

「我只想告訴你，每個人都在創造自己的結局，一定要選擇不違背良心、不讓自己後悔的路線。」

雖然眼前的人在這個小說世界裡叫做李世鎮，但季曉卻相信此時的對方已經擁有季震的記憶。在父親離開家裡以後，他總是拉不下臉、總找著理由迴避父親，讓這份情感到最後都沒能化為真實的擁抱。

季曉抱住了思念已久的父親，然而父親的身影離他越來越遠，自己的身體像被什麼力量給牽制住，正從後方用力拉扯著他。

這瞬間，神祕的力量將季曉抽離了徐皓楠的家。

周圍的時空正在快速移動，季曉看見徐皓楠站在病床旁，張秀蘭被蓋上了白布。徐皓楠的母親沒有被救回，小說的劇情未有任何改變。

接著，太陽迅速升起又落下，季曉站在某個派出所前方，他發現徐皓楠也在派出所附近，目視著一名孩童走進裡頭鬧，那名孩童一直說著自己的父親不是兇手。

那個人就是七歲時的陸毅鋒！

陸毅鋒會來到警局，就表示徐皓楠還是殺了許怡仁，陸毅鋒的父親仍成為了代罪羔羊。

時間速度慢慢減緩至正常狀態，季曉走向那孩童，被鬧到無法值勤的員警看了一眼季曉，問著他：「你認識這孩子嗎？」

七歲時的陸毅鋒抬頭瞧著季曉，紅著眼眶但沒有流淚，陸毅鋒在忍耐不哭，季曉便蹲下來，摸摸陸毅鋒的頭。

「對不起，毅鋒，要讓你遭遇到這些事情。但我們約定好，十六年後，一定要把真兇繩之以法，用法律來制裁他的罪行。」

季曉伸出小指，但陸毅鋒只是看著。

「十六年……十六年還要好久。我現在就不想要失去爸爸！」

季曉看著強忍淚水的陸毅鋒離自己越來越遠，他又再度被時空抽離。

時間快轉，迅速來到他國中畢業典禮，因為父親突然離家，季曉根本無心上台領獎，但仔細一看，台下有個戴墨鏡的高大男人，正坐在第一排最角落的位置。

高中校慶，季曉被戲劇社拉去演配角，季曉也趁機觀察台下的觀眾，有個打扮詭異的婦人，仔細一看也是季震。

不僅如此，高中演講比賽、畢業典禮，大學畢業甚至是研究所的專題展覽，季曉曾經不在意的路人中，都有季震的身影。

原以為畢業典禮只有母親參加，想不到其實父親一直都有參與他的人生。

父親總是在他就讀的學校附近餐廳寫稿，只有季曉認為父親離開了他，以這個前提忽略了一切。

季曉想著，對陸毅鋒來說，穿越這本書的意義是還連譽祥清白，那麼對他而言，這不僅是季震的遺作，更是季震寫給季曉的一封信。

時光流逝，季曉回到了醫院頂樓。

他抬頭一看，陸毅鋒正拉住他的手，而李世鎮也牢牢抓住了他的另一隻手，兩人合力將季曉拉了上來。

季曉好不容易回到頂樓平面，急忙尋著徐皓楠的身影。此時，徐皓楠正抓住頂樓的欄杆。

——要選擇不違背良心、不讓自己後悔的路線。

季曉想起季震對他說的話，向殺了他無數次的兇手伸出援手。

「抓住我！」

徐皓楠盯著季曉的手，那隻手佈滿了傷痕。

在得知母親死亡的真相後，徐皓楠大受打擊。當李世鎮前來要把他拉上平台時，徐皓楠見到宛如季震的臉孔，已經無力發脾氣了，面對季曉的眼神也不再有任何殺意。

倏地，徐皓楠鬆手，身體往下墜落。

季曉上身探出鐵欄外，想抓住徐皓楠的手，然而為時已晚，只能落寞地看著墜至一樓，以自殺來完成所屬結局的徐皓楠。

十六年前的某天，徐皓楠的母親生了病，由父親前來接送徐皓楠回家。

那是許怡仁第一次見到徐哲凱，明知道對方是有婦之夫，她卻對這男人一見鍾情。

徐皓楠的母親說，老公的工作很忙，總是在晚間十一點左右才回到家，而她每週一次會到社區大學教授油畫課程，教課那天需要請人來照顧徐皓楠，所以很開心能找到可以照顧孩子且值得信任的家教老師。

張秀蘭談吐輕柔，氣質出眾，在得知許怡仁是隻身從南部搬來北部討生活，接送徐皓楠時，總會順道帶些家裡種植的鮮花和親手做的家常菜給許怡仁品嚐。

許怡仁很感謝張秀蘭對她的照顧，但終究不敵對徐哲凱逐漸膨脹的愛意。徐哲凱發現了她的情感，甚至接受了她，兩人便展開一段外遇關係。

徐哲凱在妻子面前總是威嚴穩重，卻只會向她示弱撒嬌。徐哲凱只要從外地出差回來，就會立刻與她見面，甚至會和她去兩天一夜的旅行。因為徐哲凱總是對妻子多說了幾天出差時間，妻子才未察覺到徐哲凱在出差時的外遇行為。

日子久了，許怡仁逐漸認為張秀蘭才是多出來的那一方。

徐哲凱對她說，徐皓楠小時候曾經被綁架，妻子無法原諒婆婆居然放著孫子不管去鄰居家串門子，導致小小年紀的徐皓楠遭人綁架，但婆婆卻認為媳婦結婚後就該待在家裡顧孩子，如果早點辭去教職工作，徐皓楠就不會出事。

婆媳的問題影響了夫妻間的感情，徐哲凱把生活重心放在工作上，張秀蘭則把心思放在油畫與孩子身上。因為張秀蘭的恩師多次邀請她前往社區大學授課，張秀蘭不得已才每週三將徐皓楠留給她照顧。

但因為徐皓楠成績優秀，根本不需要許怡仁的教導，許怡仁美其名是家教，實際上就只是督促徐皓楠寫作業或是買點東西給他吃而已。

「老師，妳的戒指是新買嗎？之前從未看妳戴過。」某一次徐皓楠到她家寫作業時，指著她無名指上的戒指。

許怡仁下意識遮住了那枚戒指，那是徐哲凱送她的生日禮物，但這一遮，她發現徐皓楠正在觀察她的神情。如果刻意隱藏，聰明的徐皓楠也許會發現她的祕密。

「這只是我在路邊攤買的便宜貨啦，你不覺得很漂亮嗎？」

許怡仁反倒亮給徐皓楠看，徐皓楠卻對她說：「我媽媽也有相同款式的戒指，不過中間有鑲鑽，老師的沒有。那是我爸爸在結婚紀念日送給我媽的禮物。」

也不知道徐皓楠是真不知情還是故意這麼說，許怡仁受到莫大的打擊，家教時間結束後，許怡仁要徐皓楠先待在家等著，她則先到一樓與徐哲凱見面，質問有關戒指的事。

她原以為張秀蘭不被丈夫所愛，沒想到自己才是被徐哲凱哄騙的那一方，拿到的戒指連一顆鑽石都沒有。

她跟徐哲凱爭吵完氣憤返家，一打開家門，發現徐皓楠正站在客廳窗前，彷彿她與徐哲凱爭吵的一切都被徐皓楠看見似的。為了隱藏兩人的外遇關係，許怡仁趕緊調適好心情，帶徐皓楠下樓與父親會合。

戒指事件是他們第一次吵架，兩人的關係變得越來越不順利。就在此時，許怡仁收到母校的邀請，她可以回老家附近的學校教書，所以她也利用這個機會，想讓徐哲凱跟妻子離婚，和她一起搬到南部生活。

因此，許怡仁起了「想懷孕」的念頭。只要有徐哲凱的孩子，徐哲凱就得在她與張秀蘭之間做選擇，為此，許怡仁特別到中醫調養身體。

某天，徐哲凱來到她家時，發現了大量的中藥包，誤以為她是因為戒指的事情鬧得身體不好，之後見面時都帶著不同的糖果罐給她。她也總是在服用完中藥後，吃著徐哲凱送的糖果。雖然只是便宜的禮物，但徐哲凱貼心的舉動卻化解了她對戒指的心結。

只不過徐哲凱仍舊沒有想和妻子離婚的意願，而許怡仁本身也始終沒有懷孕的跡象。

在許怡仁猶豫該不該結束這段外遇關係，返回老家教書的時候，她受到大學好友的邀約參加同學會，與前男友重逢，兩人並於同學會結束後又單獨出來聚餐。

許怡仁原先只是想將這些事抱怨給前男友聽，對方卻向她提議：「如果他不想離婚，那妳就把這段戀情應該得到的報酬都搶過來。我的意思是，只要有錢拿，就不會這麼生氣了吧？」

許怡仁被前男友說服了，兩人合夥設下一場騙局，讓徐哲凱投入了大筆的資金。但在許怡仁心裡，只要徐哲凱最後選擇離婚跟她在一起，她就會把錢全還給徐哲凱。

「怡仁啊，我是老師，先前的約聘妳考慮得怎麼樣？近期可以給我一個答覆嗎？」

許怡仁接到恩師的電話，不能再讓母校一直等她回覆，得趕緊做個了結才行！

既然等不到徐哲凱向老婆提出離婚，那就由她向張秀蘭攤牌！

當許怡仁下定決心要談判時，張秀蘭卻出現在她家門口。

兩人來到附近的咖啡廳，許怡仁猜想，張秀蘭已經發現她與徐哲凱的外遇關係。等到咖啡與鬆餅都上桌，張秀蘭果然跟她說了已經知道丈夫外遇的事情，但與許怡仁想像中被正妻毆打的畫面不同，張秀蘭居然向她低頭，求她離開徐哲凱。

「阿楠他經歷了很多痛苦，他不能沒有爸爸，拜託妳，能不能結束與哲凱的關係？」

面對張秀蘭如此軟弱的態度，許怡仁非但不覺得自己有錯，還認為張秀蘭不配與她同起同坐。

「就算你們離婚，徐皓楠還是可以來找爸爸。」許怡仁說完就想離開，張秀蘭卻握住她的手，放低姿態懇求她結束外遇關係。

許怡仁不敢相信張秀蘭的戰力如此薄弱，索性用力抽手，不再和張秀蘭商量此事，也確信自己絕對要將徐哲凱搶過來。

「您撥的電話號碼是空號，請查明後再撥……」

許怡仁持續撥打前男友的手機號碼，得到的都是這句話。

她沒料到，前男友詐騙了徐哲凱的錢之後便像人間蒸發似地失聯了。因為投資失利的事，徐哲凱和她大吵一架，甚至揚言要拿回買給她的房子，她不肯返還房產，外遇的關係便暫時中斷。

她更沒想到和徐哲凱大吵一架過後，得到了徐哲凱和張秀蘭服毒自殺的消息。

自此之後，許怡仁開始收到威脅信。信中總會附上她與徐哲凱多次前往汽車旅館以及出遊的照片。許怡仁擔心外遇關係會影響到母校的約聘工作，決定盡快賣掉這間徐哲凱出資買給她的房產，趕緊搬回南部的老家。

她打了通電話給仲介，要對方趕緊來簽約，幫她賣房。

就在她切斷電話，轉身準備要搭電梯時，赫然發現徐皓楠正站在她身後。

許怡仁趕緊裝作關心他的模樣，問他目前住在哪裡，有沒有需要她幫忙的地方。徐皓楠告訴她目前住在班導師的家，並給了她一袋東西。

「在整理行李時，發現爸爸有東西要給妳，我也不方便把這些帶走，老師收著吧。」

許怡仁拿著徐哲凱的遺物回家，裡頭是她愛喝的即溶咖啡與吃中藥會配的糖果罐頭。結束與仲介的簽約後，許怡仁望著徐哲凱送她的糖果罐，只要是她喜歡喝的吃的，徐哲凱都會買給她。

許怡仁想起與徐哲凱曾經甜蜜的種種回憶，萬萬沒想到徐哲凱會以那種方式離開人世，她忍不住流下淚來，喝著徐哲凱送他的咖啡，明明沒有吃中藥，她也吃了好幾顆糖果。

「對不起，但誰叫你不跟我結婚。」

許怡仁喃喃自語著，又吃了一顆糖果。她根本沒想過，這些都參了氰化毒物，不到五分鐘，許怡仁便中毒身亡。

徐皓楠靠著爸爸的遺物——那把許怡仁家的備用鑰匙，進到屋裡進行毀容。

「只要妳不存在這世上就好，如果妳一開始就不存在，我的母親也不會死！」徐皓楠一刀又一刀割著那張臉皮，他恨死許怡仁那張總是誘惑著他父親的臉。

「在糖果罐驗出了另一位嫌犯的生物跡證與指紋，確認皆是死者余陞，也證實余陞曾經在十歲時遇到山難，徐皓楠極有可能在那時候以余陞的身分活下去。真沒想到十歲就殺過人。」

「徐皓楠畏罪自殺的那天晚上，余陞的母親也病逝在醫院，真是巧合。」

李世鎮去參加余陸的母親的葬禮，他詢問參加法會的親戚們有關余陸的事情。親戚們表示，自從一家三口發生山難之後，就很少與他們來往，很顯然，因為父親身亡，母親成為植物人需要龐大的醫藥費，余家的親戚們顯然都沒有對他們伸出援手，所以不清楚余陸的狀況。

而據說余陸有交際障礙，是由家教老師在家授課，所以身邊也沒什麼要好的朋友。

而在冷凍倉儲找到的那雙小腿主人，經由DNA比對，是犯下多起猥褻兒童案件的前科犯，最早的報案人正是徐皓楠的母親張秀蘭。也從雇主口中證實，此人無故曠職已被解僱，至今尚未找到他的下落。

將真兇繩之以法原先是李世鎮最希望的結果，然而徐皓楠卻以自殺收場，李世鎮感到惋惜。

畢竟刑案已偵破，李世鎮便向季曉與陸毅鋒報告了此事。

「這是我在警界的最後任務，很遺憾沒能在十六年前就還給連譽祥公道。」李世鎮握著陸毅鋒的手，他感覺到眼前的這兩人快要消失了。

從遇到季曉與陸毅鋒開始，他就有感覺到這兩人並不是人類，可能是外星人，也有可能是從別的世界來的人類，畢竟找不到能死而復生的人。但是，當徐皓楠指出他是小說作者之後，李世鎮才想起所處的世界就是自己創造的小說世界。

他是季震，是季曉的父親，也是這部小說的作者。

李世鎮前去抱住季曉，這是他生前沒能做到的事。

「我很抱歉，沒有什麼可以留給你，僅能在這個世界裡告訴你，人生的每一個選擇都在創造屬於你的結局。」

季曉收緊手臂，從這個擁抱中獲得了活下去的力量。

聖潔的白光籠罩著季曉，他甚至覺得，這就是死後升天的感覺。

一股呵護著他的力量正推動他前進，季曉來到一片白色的世界，周圍沒有任何人事物，但他感覺到光線帶來了溫度。

季曉知道自己還在小說世界裡，因為砲灰的手機響了。

他看著尾數579的號碼，在小說停留的最後一刻，他接起了電話。

『季曉，初次和你說話，我是連譽祥。很謝謝你阻止毅鋒成為殺人兇手，如果可以，我真想當面跟你道謝，但很抱歉，我只能用聲音傳達對你的謝意。能不能請你幫我轉達給毅鋒……』

白色的世界裡迴盪著連譽祥溫柔的聲音，季曉感覺到身體沒了重力，逐漸從小說世界中抽離。

第八章　和我的旅行

『阿曉，記得要鎖門喔。』

季曉睜開雙眼的同時，耳邊留有秦梨的聲音。

陸毅鋒拎著破舊的運動鞋正要出去丟垃圾，兩人互看了一眼，季曉立刻前去鎖上大門，別讓任何人進來，並觀察著父親生前的住處。

他們終於從小說世界回到現實，而且是在還未被徐皓楠用電線勒頸的時間點。

趁徐皓楠還未到住處奪走證物之前，季曉與陸毅鋒合力將紙箱裡的遺物全部拿出來翻過一遍。

季曉拆開裝載父親著作的那只紙箱，發現季震著作的書籍中，某本書裡夾著東西，以至於排進箱子裡時，那一排有些傾斜。

季曉將父親的書全部拿出來查看，其中一本夾有對折的Ａ４紙，是一份醫院診斷書，且紙張中還藏有一把鑰匙。

季曉端詳著鑰匙，這是一把平片鑰匙，但比起門鎖又略小了些。季曉立刻尋找住處有無鑰匙孔的抽屜或櫃子，也細思老家的書房是否有上鎖的抽屜，但在季曉印象中沒有需要解鎖的櫃子。

季曉轉而回想書中的李世鎮是否有傳達什麼訊息，而被他忽略掉的細節。最初寄住在李世鎮家中，兩人雖然已經在速食店吃飽飯，李世鎮卻還是熱情邀請他們一起做宵夜。

那時候李世鎮在找沙茶醬……

季曉忽地起身離開堆滿季震遺物的客廳，轉而到廚房翻開所有的櫥櫃，找尋有無遺漏的物品。

季曉想起李世鎮從冰箱隔板裡翻找醬料，便打開冷藏與冷凍櫃，在冷凍櫃中發現了一箱上鎖的不鏽鋼盒，他趕緊叫陸毅鋒來，兩人用方才獲得的鑰匙解鎖，裡頭是一把用層層袋子保護住的小刀。

雖然書中的連譽祥已經洗刷罪名，但現實世界還未有任何改變。

季曉和陸毅鋒趕緊將所有證物，包括醫院抽血檢驗報告都交給警方。同時，陸毅鋒也將爸爸當時在許怡仁家拍攝建物的所有照片都一併交上。

警方用最新技術重建模糊的照片，在一張拍攝建築物外觀的照片中，發現了躲在角落的徐皓楠。

為了激起網路輿論，季曉隨後撰寫了父親遺作的推薦文：『顛覆十六年前刑案的真正兇手是誰？』引起部分民眾與媒體的關注，記者便四處打探消息，有不具名的爆料者指出，確實有人提供十六年前刑案的最新證物給警方，季震的遺作也開始受到大眾注目。

而季曉也接到了出版社的電話，責任編輯表示希望能出版季震老師的作品，並和他相約在出版社樓下的咖啡廳見面。

季曉習慣提早抵達約定場所，他先點好了咖啡，坐在四人座靠窗的位置。來往的行人踩過灑在人行磚上的斑駁陽光，他們的臉上依舊戴著上班日必須繃緊情緒應付職場任務的嚴肅神情，季曉認為自己原先也是戴著這副表情過生活。自從穿越到小說裡，得知父親離開他的真相，甚至找到了能還連譽祥清白的證據，那些真相如漣漪般觸動著他的心靈，如同他正在攪拌混合牛奶的咖啡，溶合在一起味道開始變得不一樣，經歷過那些事看待世界的態度也逐漸有了改變。

季曉不自覺地揚起嘴角，盯著一名身著白T與破洞牛仔褲的女性，對方拿著出版社的合約，與她的下屬一起進到咖啡廳。她一眼就察覺到季曉是她要找的人。

「我是負責季震的編輯，金梨亞，而他是來見習的新任編輯，林咨咎，不好意思，讓您久等了。」

季曉盯著那張和秦梨相似的臉蛋，原以為秦梨和阿玖只是在小說裡被杜撰出來的角色，想不到也是父親將現實世界中認識的人物加以改編設計的角色。

「我們很遺憾季震老師的逝去，編輯部希望能出版老師尚在連載的作品，但我們尚未收到老師的所有文章，想請問你能否授權給我們季震的完稿，我們想將此作品製作實體書販售。」

「我來赴約，也是有意將我父親的書籍出版上市。」

季震的作品《殺意自白》改編自十六年前一起轟動市民的重大刑案，而書中所寫的仲介，是當時被輿論辦案的嫌疑犯。經過此書決定出版，以及多家記者求證後，警方確實掌握了新的證物與新的嫌疑犯名單，此案再度獲得高度曝光，更有媒體爆料，其實當時就有民眾將獲得的新證物提交給警方，但當時的負責人以偵查結案為由，拒絕重啟調查此案，而那位提供新證物的人就是出版《殺意自白》的作者季震。

季曉與編輯會面後的一個月，出版社乘著熱潮緊急推出季震的作品，因為此書揭露了真正的兇手是誰，引起大眾的興趣，成為季震出書生涯中最暢銷的作品。

季曉走進書店，看著牆上的排行榜，父親的書籍就在排名上。

如果這是父親生前出版的書該有多好，父親就能親眼見到這樣的好成績。

同時，受到外界的輿論壓力指責，警方迅速重啟調查，與鑑識中心以最快的速度證實了殺死許怡仁非連譽祥所為。

現任北區分局長協同鑑識中心主任召開記者會。在被攝影機包圍的會場，鞠躬向社會大眾致歉，特別向被誤判為兇手的連譽祥及其家屬致歉。

陸毅鋒和母親陸樺都出席了記者會，在各大新聞媒體中，同步放送連譽祥無罪清白的消息。

當記者問到此案真兇的時候，警方以偵查不公開為由，拒絕回答記者的問題，不過早在開記者會以前，已有多位媒體人在訪談節目上推論出預想的兇嫌名單，許怡仁的前男友呼聲最高，更有靈異節目指出，是張秀蘭化為惡靈，殺死許怡仁。

不管媒體的推論如何，對陸毅鋒來說，此案的首要嫌犯已受到了高度關注與批判，爸爸也獲得了清白。

陸樺與陸毅鋒回答完媒體的所有訪問後，兩人來到會場附近的付費停車場。

「要跟媽媽吃飯嗎？」陸樺問著許久不見的兒子。

陸毅鋒則瞧著母親身旁的男人，那是母親又再婚的第三任老公。

只是吃個飯而已，沒什麼不好，不過陸毅鋒還有更重要的事情要辦，婉拒了母親的邀約。

「我晚點還有事，下次再吃吧。」

「嗯，那你一個人要小心喔。」

陸毅鋒和母親道別後，轉過身的同時想著「一個人」這個詞，他已經很習慣獨來獨往，對他而言，一個人不會危險，反而很自在。

陸毅鋒來到接駁巴士的等候站，不遠處有個熟悉的身影正向他揮手。一見到此人，陸毅鋒不自覺地微笑，抬手向許久不見的人打招呼。

雖然說一個人很自在，不過有人陪，還是比較幸福不是嗎？

「記者會還好吧？有沒有在媒體面前口吃啊？」季曉把手中的冰雪碧遞給陸毅鋒，另一手還拿了一袋漢堡套餐，雖然他們這趟行程不是出去玩，但季曉猜想陸毅鋒為了父親的記者會這麼重大的行程想必沒怎麼吃飯。

「我完全在白光下講話，一點也不緊張。你知道會場架設的燈光強到我以為又要穿越到小說裡了。」

陸毅鋒拿了季曉替他買的食物，並收到一張酒精溼紙巾，把手擦乾淨之後，總算是可以吃今天的第一餐了。剛炸好的薯條果然很美味。他一邊吃，一邊偷瞄著正在挖冰淇淋的季曉。

「謝謝你陪我來。」

「我應該要來，我有很多話想跟你爸說。」

「譬如？」

「陸毅鋒不喜歡吃玉米粒和青豆。」

「也有很多人不吃吧？」

「但我第一次看見喝玉米濃湯不吃玉米粒的人。」季曉跟著陸毅鋒搭乘小巴，前往放置連譽祥骨灰的納骨塔。

陸毅鋒帶著爸爸最喜歡的梅酒來到塔位前，和往常一樣跟爸爸報告了近況。

祭拜完連譽祥之後，由於離接駁車抵達會館還有些時間，季曉跟隨陸毅鋒來到戶外，眺望著遠山的雲海。

最初前往父親生前的住處時，季曉抱持著無法諒解父親這麼多年不回家的心情在處理父親的後事。

然而穿越到父親所著作的小說裡，才了解到自己一直是被父親愛護著。

「你不覺得很不可思議嗎？我們竟然穿越到小說裡。我們為何能穿越到季震的小說？我至今仍想不透。」陸毅鋒感慨地看著逐漸沒入雲海的夕陽。

「我想……也許是我爸死後仍用意念在保護我們吧？如果沒有穿越到小說裡，我可能已經死在徐浩楠的手上了。我爸一定也不希望你復仇，所以讓你一起穿進小說裡。」季曉摸著曾經被電源線勒住的頸部。

或許是父親死後也想保護他們，這份死後的意念讓他們能穿越到小說裡吧。

縱使季曉再也見不到父親了，但從父親的著作裡獲得了繼續往前走的能量，未來，他要好好地活下去，所以他也想知道陸毅鋒未來的路。

「今後你有什麼打算？」季曉問著。

陸毅鋒則對季曉無奈地笑了笑，「我們不是約好了嗎？一年後去旅行吧！」

十六年前，徐皓楠親手殺死了父親的外遇對象許怡仁後，便逃回季震的家裡。

因為是第一次使用氰化物殺人，在沒有完善的防護下接觸氰化物，導致行兇後呼吸急促，全身無力嗜睡。

季震見徐皓楠身體不適，便帶著虛弱的徐皓楠就醫，抽血檢驗後發現徐皓楠的血液中有氰化物成分，徐皓楠莫名的中毒讓季震心裡產生了疑惑，但他並未告訴徐皓楠抽血的檢驗結果。

季震私下調查徐皓楠發病前的動向，妻子告訴他，徐皓楠在許怡仁死亡當天，曾說要去圖書館借書。季震便前往圖書館，佯裝自己掉了東西，拜託保全調出監視器給他看，那天的監視器畫面卻沒有拍到徐皓楠入館與出館的身影。

但沒有確切的證據，無從說明徐皓楠的中毒是否和許怡仁案有關，季震只能對徐皓楠的行為高度戒備，偷偷監視徐皓楠的一舉一動。

就在季曉生日的當晚，徐皓楠被季震發現殺人未遂後，逃出家中。因為天色過暗，季震追丟了徐皓楠之後立刻報警，警消在山中連日搜索，皆未找到徐皓楠的蹤影。

眼看黃金救援時間已過，推論徐皓楠可能遇上山難，凶多吉少。

徐皓楠的失蹤在季震家是一場噩耗，但對於原本要接手徐皓楠監護權的親戚卻像是鬆了口氣，對方放棄繼續尋找徐皓楠，還打算等徐皓楠失蹤七年，向法院聲請死亡宣告。

季震無能為力，回到家中，腦海裡一直浮現出某個想法。

徐皓楠才是殺死許怡仁的真兇！

他翻找著徐皓楠留在家中的行李，從中找出徐皓楠使用的兇器。找到時，陸毅鋒的父親已經死亡，許怡仁案也相對告一段落。但季震仍帶著新證據前往警局，想讓警方重啟調查案件。

但此案的負責人並未接納季震的要求，因為對方在許怡仁案中受到大量關注，聲望提升，因此受到長官青睞，他不希望季震帶來的證據成為他升遷的阻礙，便將季震當作來警局鬧事的市民，把季震打發走。

季震只好帶走證據，思索如果徐皓楠真如警方所言，跌落山谷死亡，那麼徐皓楠對許怡仁來說也算是一命還一命了。

這件事一直擱在季震的心中，直到在徐皓楠失蹤近五年，突然出現在季震家。原來徐皓楠沒死，甚至為了毀滅證據，打算燒了季震的家。

好在季震即時阻止徐皓楠的計謀，沒有造成太大的損傷，但徐皓楠卻威脅他，若再將證據交給警方，會殺死連譽祥的孩子和季曉。

季震認為持有證據會讓家人深陷危機，於是告訴妻子，自己的夢想是成為小說家，要辭掉穩定的教職工作，並且執意和妻子分居。

自此之後，季震保留著徐皓楠的殺人證據，一面過著小時候的夢想「小說家的生活」，一面為出版《殺意自白》鋪路。

「余陞老師。」

穿著駝色與灰藍格子針織衫的男人轉過身，拖住從教室飛奔而來的孩子們。而在小孩身後有名身材壯碩，年紀超過半百的男性，一面督促學生別在走廊奔跑，自己卻也小跑步地奔向這男人。

「余陞你還沒吃午餐吧，這個給你。是美玲老師給的。」中年男子遞給男人一盒鯖魚便當，「哎呀，你看看，年輕人幹嘛這麼害臊不自己拿過來給你。」

「謝謝，我到醫院會吃。不好意思，下午要麻煩你幫忙代課。」

「哪裡，我不比阿陞你辛苦啊，獨自照顧母親也快十六年了吧，真希望孝順的人有好報。」

現實世界中的余陞是這所小學的自然科老師，在上第四堂課的途中收到醫院的病危通知。他向中年男子點頭道別，就匆匆前往學校停車場，駕駛前年才剛購入的二手車前往市區的公立醫院。

被眾人當作「余陞」的二十六歲男性，其實是徐皓楠。

十六年前，徐皓楠在失去父母之後，便對季曉心生忌妒，他不認為自己輸給季曉，但憑什麼季曉可以得到幸福！

當這股怨氣越來越深的時候，徐皓楠發現自己正掐住季曉的頸部。

明明方才還在為季曉慶生，季曉特別把唯一的草莓留給了他。當他的父母服毒自殺，祖父母也已去世，親戚們都不想接手他的監護權時，也是班導師季震主動收留他。季家對他如此善良，但徐皓楠卻打從心底認為這些「特別的照顧」都是在同情他這個怪胎。

看著季曉猙獰的表情，徐皓楠就越覺得興奮，但季震很快就察覺到季曉房裡有異狀。徐皓楠被季震發現殺人未遂後，立刻逃走。

直到徐皓楠耳邊只剩下自己的呼吸聲，猛地轉過頭，他發現自己甩掉了季震，一旦不再受到約束，浮現在腦中的竟是要如何殺死季家的所有人，甚至是不願對他出手幫助的那些親戚，還有在他小時候猥褻過他的噁心男人！

畢竟他殺了許怡仁，卻不用受到法律制裁，這彷彿告訴他往後還可以殺更多人！當他幻想出那些殺人畫面而竊喜之時，一腳忽地踩空，整個身軀從懸崖跌落。

等到他醒來時，發現自己已經跌落在山谷間，周圍未知的一切讓他害怕，但為了不再回到那個充滿親情與溫暖、令他作嘔的家，他決定繼續走山路。

他想捨棄過去重新開始，甚至想到遙遠的地方生活。

但毫無經濟基礎的他，馬上就面臨了飢餓的問題。

他靠著喝溪水度日，不知走了多遠、多久，直到他走到一處山谷，發現一名已經斷了氣的小孩，周圍還躺著兩名傷勢嚴重的大人。

如果能扮演這名孩子，或許就能重啟人生也說不定。

他換上余陞的衣服，將已經死亡的余陞推入更深的谷底，倒在這對重傷的夫妻身邊。

這天下著毛毛細雨，他卻對黑暗的天空發出笑聲。

「上天還是眷顧我的。」

他在此宣告，徐皓楠已死，不再有因為外遇而投資失利的父親，自己親愛的母親也沒有被毒死。他甚至可以用另一個身分活下去，在未來的某天殺死他想殺的人！

余陞和他同年，身型也差不多，因為余陞有兒童社交恐懼，總是戴著口罩出門，出院後的徐皓楠也一直戴著口罩行動。

然而余陞的母親需要一筆龐大的醫藥費，親戚們並未對他伸出援手，徐皓楠為了繼續扮演這個角色，便開始半工半讀。為了不會跟殺人兇手畫上等號，徐皓楠以余陞的身分就讀教育大學，並且成為了小學老師。

他來到醫院，簽下「放棄急救同意書」。凌晨時分，他親手替余陞的母親蓋上白布。他的神情悲痛至極，因為一直以來，他都夢想著能跟母親相依為命。然而徐皓楠心裡所想的母親，並不是眼前在醫院裡去世的母親。

送走了余陞的母親之後，便迎來了重要的日子。

這天是母親的恩師舉辦畫展的第一天。

徐皓楠聽聞恩師為了紀念愛徒張秀蘭，留了一個位置擺上張秀蘭的畫作。而此刻，館內已有多名便衣刑警要逮捕身為首要嫌疑犯的他。

徐皓楠就站在這幅帶刺的玫瑰花前，不再逃跑，也不扮演其他人，留在原地接受警方的圍捕。

徐皓楠原先計畫先殺死季曉與陸毅鋒，再殺死王佳禎、劉益德。沒想到他回到現實之後，什麼都不想做了，只想趕緊前往母親所待的世界。

在他心裡，依然很恨季震將他的母親寫成殺死父親的兇手，認為這一切都是謊言的同時，也明白自己沒有親眼看到真相，或許母親就像季震所寫的，無法忍受父親外遇，更無法忍受父親要全家人一起服毒自盡，而先下手為強。

徐皓楠在被警方銬上手銬之前，奮力地從中掙脫並搶走警用手槍，朝自己的太陽穴開槍，鮮血噴濺在畫作中的玫瑰花瓣上。

徐皓楠做出和書中同樣的選擇，在被逮捕前畏罪自殺。

在徐皓楠選擇自殺後的一年，季曉參加了王佳禎舉辦的小學同學聚會，據說他們每年都會聚一次會，季曉直到二十七歲才第一次參加同學會。

大家都很熱情地款待他，然而在場最受矚目的並不是他，是深受女性歡迎、從胖小子變成型男的劉益德。而劉益德罕見參加同學會，是要傳達結婚的喜訊，要大家來參加他們的婚禮，並要求季曉一定要到婚禮現場替他們致詞。

王佳禎和劉益德正逼著季曉致詞完要順道唱首歌曲，然後就聊起季曉去參加合唱團選拔走音的事情，聽著他們的笑聲，季曉欣慰地品嚐不習慣的雞尾酒，還好現實的他們都還活著。

劉益德將還未修圖的婚紗照毛片亮給在場的小學同學看，在大家聚在劉益德身邊搶著看其他婚紗照時，王佳禎拿著酒坐到季曉身邊，聊起自己的近況，並將燒肉店名片遞給了季曉。「這是我開的燒肉店，還記得我們小時候的願望是免費吃燒肉吃到飽嗎？」

「我不記得許過這麼廉價的願望。」

「欸，現在肉很貴耶，哪算廉價啊？哪天你來吃，我就讓你免費吃到飽。」

季曉將名片放進錢包裡，「不能反悔喔，搞不好我會吃垮你的店。」

「你說去迴轉壽司店只吃五盤就飽的人想吃垮我的店？」

王佳禎繼續與季曉分享了之前同學會發生的趣事，季曉喝著雞尾酒，王佳禎大概是當老闆習慣了，話變得比以前還多。季曉想著以前開班會時，站在講台中央明明會發抖的人，現在已經是燒肉店老闆，甚至還要開放加盟了。

「季曉，那你呢？今後還要繼續在研究所當助教嗎？」

「我要請假一年。」

「一年？學校可以留職停薪嗎？」

「可能不行，所以我要變成無業遊民了。到時真的要去你家吃免費的燒肉。」

王佳禎搖著季曉，希望能把他搖醒，「欸，沒有這樣的，我說真的，你要確定好後路再辭職耶，現在穩定的工作不好找，而且如果你以後還要結婚，又得存一筆買屋頭期款，全都要錢耶。你請假一年到底想做什麼？」

季曉搖晃著手中的酒杯，聳了聳肩說：「誰叫我欠某人一個約定，或許這一年我可以找到夢想。」

季曉打開了副駕駛座的車窗，瞬間吹進了強烈的風雨。沒兩秒，他就把車窗關上，瞪著駕駛座的男人。

「你該不該承認自己是雨男？」

陸毅鋒搖著頭，「我向來出門都是晴朗好天氣，怎麼不說是你呢？」

「但這是你規劃的環島旅行吧？你看後面那些備料，颱風天要賣給誰吃啊？」季曉轉頭看著後方的小型廚房。

陸毅鋒替爸爸洗刷罪名後，就開始進行開餐車旅行的計畫，當然一切的計畫首先要有錢，所以陸毅鋒在這一年多很勤奮地工作，加上季曉以股東身分投資了些錢，陸毅鋒便買下已經改裝好的餐車，要販售他最得意的漢堡、雞塊等速食餐點。

「別說這麼喪氣的話，我正在實現夢想，處於很亢奮的情緒。」

陸毅鋒越說車開得越快，季曉趕緊捉住車頂把手，漆上奶茶色的餐車正在狂風暴雨下的高速公路奔馳。

「……所以我之前提的你考慮怎樣？」陸毅鋒說話的同時，外頭正下著滂沱大雨，交雜著噪音的情況下，季曉認真思考陸毅鋒說的到底是什麼。

「就是當我的初戀這件事？」陸毅鋒說完，側眼看著表現出恍然大悟的季曉。

不一會兒，季曉就瞪向不專心開車的陸毅鋒說：「你能不能把這句話改一下，什麼叫做當你的初戀？」

「就是表達我不曾跟別人交往過，但你在高中卻試著跟不喜歡的人交往過。」

陸毅鋒繼續說著季曉的痛楚，季曉也繼續瞪著陸毅鋒。「你能不能別說些降好感度的話？」

「好吧，那我改口好了。」

陸毅鋒先吐了一口氣，當他深呼吸的時候，天空突然落下一道巨雷。

「要不要跟我以結婚為前提交往——」陸毅鋒順著雷聲，把思考了一整年的話說給季曉聽。

雷聲大到季曉都快要耳鳴了，他理當可以裝作自己沒聽見陸毅鋒的話，然而身體還是那麼不爭氣，他感覺到臉頰逐漸發燙，而且從頸部一路熱到頭頂。

陸毅鋒駕駛餐車跟著車龍緩慢前進，季曉原本一手靠在兩人中央的扶手盒上，身體也悄悄地歸回原位，與陸毅鋒保持一段距離。

兩人沉默地盯著擋風玻璃外的狂風暴雨，車內播放的廣播節目正在介紹適合七夕情人節聽的外語歌曲。

聽著「Love、Love……」的歌詞，季曉只覺得自己對浪漫過敏，便說：「但我可能不會喜歡上你喔。」

陸毅鋒瞄了一眼說這句話的季曉，突然笑了一聲。

因為此時的季曉滿臉通紅，那害臊的模樣已經背叛了季曉的言論。

「我知道你的顧慮，不勉強你一定要喜歡我，但我們可以交往，生活中可以互相扶持？」

陸毅鋒趁著塞車的期間，雙眼不離季曉那害羞的模樣，然而季曉卻還是能很冷靜地道出：「是嗎？如果是這樣的話，交往看看也不是不可以。」

陸毅鋒側眼看著開始不自主摸著手指，抓抓臉頰，還是翻動扶手盒，試圖讓自己分心的季曉。

「不過我要提醒你，現在我們正要前往民宿喔，只有一間房。」

「你是指有可能只有一張床嗎？沒問題啊，我們不都一起睡過地板，就通鋪睡吧。」季曉的話讓陸毅鋒尷尬地笑了笑。

季曉大概沒有意識到交往會經歷的事情吧，不過陸毅鋒也不是為了那些事跟季曉交往。

餐車離開交流道，越開往南部，天氣也逐漸變晴。季曉見此處還未被颱風波及，便打開車窗，眺望無際的海岸線。

「你不覺得看著一望無際的海，就覺得煩惱很渺小，自己僅是宇宙中的一個微生物而已。我有時候在想，搞不好我們是巨人腸子裡的菌，好菌壞菌之類的……」

陸毅鋒注視著季曉所看見的世界，雖然季曉在說關於腸道菌的事情，但在夕陽海岸美景前，如果現在不說，還要等到何時才說呢？

「季曉，我想更正剛剛說的話，如果你沒有喜歡的人，那可以把我的身邊當作一個場所，試著喜歡『待在我身邊』的這個地點。」

季曉沒有勇氣可以看著陸毅鋒回答這句話，只是注視天空一整片的火燒雲，也不知道自己什麼時候會死，趁還活著的時候，當然要把真心、真相都表達出來。

「我一直都很愛你，陸毅鋒，希望你能一直健康且幸福地活著。」

陸毅鋒減緩車速，很訝異季曉居然這麼坦白。

但季曉又接著說：「這是連譽祥、伯父要我轉達給你的話。在我即將回到現實世界以前，從砲灰的手機中接到伯父的來電。」

季曉轉身看著已將餐車暫停在路邊的陸毅鋒。

「所以，與其說要我喜歡待在你身邊，應該要換我說，讓我陪你度過往後的日子吧。毅鋒，所有的付出與努力都不會白費，今後不會再讓你遇上痛苦的事了。」

說完的同時，季曉發現自己的身子已往前傾，吻向面露驚訝的陸毅鋒。

雖然只是親臉而已，但光是這樣，季曉就想馬上跳車，潛入海底躲起來了，但理智讓他只是轉過身，再度背對陸毅鋒。畢竟颱風天禁止在海邊戲水！

陸毅鋒凝視著季曉的後腦杓，緩緩地勾起嘴角。

得到季曉的回答，喜悅已溢滿陸毅鋒的整個情緒，他興奮地踩下油門，季曉立刻關上車窗，抓緊車頂扶手。

「喂！開太快了，你會被違規取締啦！我近期不想再見到警察了，除非他叫做李世鎮。」

「我現在幸福得都想開上天了。」陸毅鋒說完，便跟著音樂哼歌，展開與季曉的新旅程。

（全文完）

從環島旅行回來之後，季曉就與陸毅鋒一起分租室內有兩房兩廳兩衛的整層住宅。對於回到母校繼續擔任助教的季曉，以及擁有自己的店面，每天中午開店到晚上的陸毅鋒來說，這樣的房型能讓兩人擁有獨立且不互相打擾的生活空間，但這也意味著兩人還維持在室友以上戀人未滿的關係。

「季曉，據說二十九歲會有劫難喔～遇到九都是一個關卡。」

今年二十九歲的季曉如往常一樣，結束工作便和幾位很愛找他聊天的學生一起搭捷運回家。他們還是老樣子，喜歡把話題放在未婚也好像沒有女友的季曉助教身上。

季曉倒覺得每天都在跟死神搏鬥，只是每逢尾數九，大家特別會把壞事推給它。但季曉沒有反駁學生的話，因為這群學生遇到辯論題會特別有活力，他不想講了一整天的話，下班還得繼續說話。

待那些學生都離開車廂，季曉才拿起手機打發時間。因為參加過小學同學聚會，他被加入了同學群組。劉益德傳來了他孩子的照片，王佳禎似乎也要結婚了，明明職場上超過三十歲未婚的人還很多，也有人選擇獨善其身，但季曉周邊的朋友似乎都很早婚。

還有三站才是他與陸毅鋒同居的住處，不過季曉仍選在熱鬧的捷運站下車。他習慣在返家前先繞到陸毅鋒經營的店「曉露咖啡」，雖然掛著咖啡的名義，但菜單上有漢堡、炸雞、義大利麵等的餐點，所以十坪的空間裡仍設有吧台座位區，供客人內用。

季曉盯著咖啡店招牌的「曉」字，不管看幾次都令他害臊。有一次他問陸毅鋒：「如果我們分手了，那店名怎麼辦？」立刻得到陸毅鋒回答：「那就不要分手就好。」

「歡迎光臨，想喝什麼嗎？」陸毅鋒經過這幾年的磨練，已經能見到客人立刻掛上笑容了。

季曉瞪著這迷人的微笑，再望向吧台前不時瞄著陸毅鋒的漂亮女客人們。如果太在意就輸了！

「我要小杯曉露咖啡。」

「和平常一樣加一份雞塊嗎？」

「嗯，我想想。」

在季曉猶豫的期間，陸毅鋒前去指導新進的女店員操作咖啡機器。

季曉看著陸毅鋒耐心指導店員，明明很想吃一堆炸物來消除工作壓力，季曉還是說著：

「我只要咖啡就好。」

「發生什麼事了嗎？」陸毅鋒替季曉刷行動支付條碼時順口問著。

「沒什麼，我想先回家，只是繞來看一下你而已，就不內用了。」季曉雖然這麼說，陸毅鋒還是多給他一份招待的洋蔥圈。

季曉平時下班後會待在陸毅鋒的店裡當免費員工，一直待到營業結束後順道幫陸毅鋒清掃環境。不過上週開始，陸毅鋒聘了一名新的女店員，說是不好意思讓忙了一整天的季曉免費幫忙店裡的事。

季曉不滿地甩動著冒出熱氣的提袋，如果真的想給錢，就直接給他錢啊，為何要花錢聘請新員工，而且還……這麼可愛。難道說，他真的會炸掉廚房，所以陸毅鋒不敢讓他幫忙嗎？

季曉以為這輩子不會有吃醋的心情，然而突然改變計畫直接返家的自己根本就是個大醋桶。

目前的他和陸毅鋒已經牽手接吻了，但也就這樣了。

難道這就是二十九歲，面臨情侶間沒有進展的劫難？

季曉甩了甩頭，都說不能把壞事怪在歲數上了。

返家後，他趕緊打開客廳照明，讓明亮光線把肚子裡的負面情緒全淨化乾淨，並將筆電拿到客廳桌前。唯一能消除他這些奇奇怪怪思緒的方法，就是工作了！

季曉打開電視螢幕，用電影台的聲音做背景樂，開始修改下學期的教材ＰＰＴ。

全神貫注在工作上，時間很快就到了晚間十點整，從父親那裡得來的擺鐘響起了整點鐘聲，季曉就把目前進行的部分先拷貝到隨身碟裡。才剛丟進去，電腦就顯示了隨身碟容量不足的錯誤訊息。

原來這是當初季曉拿去拷貝父親文稿的隨身碟，如今父親的文稿已經上傳到加密的雲端空間，於是季曉嘗試刪除檔案，卻意外發現父親的工作用資料裡有個隱藏資料夾，裡頭竟然有言情小說文稿！

嚴肅又不多話的父親居然寫過言情小說，不趁現在來看還要等何時？

因此季曉拿了幾罐啤酒，平時如果隔日要上班，季曉是不會喝酒的，但為了洗刷掉因陸毅鋒吃醋的心情，他決定全心全意來看這部作品。

出生在富豪家庭的主角，年滿二十歲之後，每逢月圓之夜就會產生源源不絕的性慾。

富商得知唯一的孩子被下了詛咒，求助鎮上最厲害的巫師，巫師說因為富商的經商手段十分殘忍，曾經害得某間中小企業公司破產，夫妻兩人合力對富商的獨子下了詛咒，除非兒子跟那位詛咒他的人的孩子結合，否則詛咒會困其一生。

這真的是父親寫的文章嗎？

抱持這個疑惑，季曉繼續看下去。

富商趕緊拿著好幾箱鈔票去提親，想化解以前的恩怨，並懇求對方將孩子嫁給他的兒子。不管對方需要多少聘金，只要能拯救他的兒子，富商都願意付錢。

可富商沒料到，對方居然只生兒子，而且還是獨子……

「咦？原來是BL小說嗎？」季曉雖然沒有涉獵BL小說，但跟他搭同樣路線捷運的女學生會討論這類型的漫畫，耳濡目染下，他也略懂一二。

季曉滾動著滑鼠，想看後續，但醉意起來，讓他的視野越來越模糊。眼前似乎出現了一隻手，正將他拉進螢幕裡！

季曉感覺到自己正躺在柔軟的床單上，看著白花花的燈光，以及那逐漸擋住光線，伏低身子靠近自己的那道身影。

季曉搖晃著腦袋，想拉回被酒精奪走的注意力，然而他喝進的酒精比他想像得還多，明明以前喝啤酒也不曾醉過，但他卻想依賴這股醉意，手指深入男人後面的頭髮裡，將男人的臉推向自己。

有著陸毅鋒外表的男人正要親吻他……

——就算是書裡也不能殺人！

當兩張唇正要重疊在一起的時候，季曉突然想起自己曾在書中告訴陸毅鋒的話，旋即推開了擁有陸毅鋒外表的男人。

不行啊！就算在書裡，他也不能跟書中角色外遇！

「你不是說想要解除詛咒，一直纏著我，纏到我覺得厭煩，妥協了你說的那句『反正只要做一次以後就永不相見』我才來赴約。現在怎樣？想要欲擒故縱嗎？」

「我先問，你叫什麼名字。」如果聽到別人的名字，季曉就想把這個掛著陸毅鋒外皮的陌生男人踹開。

「陸毅鋒。」

沒有踹開的理由，季曉只好改口：「不好意思，其實我有男朋友了。」想順勢起身，對方卻捉住他的雙手，硬是把手壓往枕頭旁。

「挑起我性致，然後一句有男朋友就想走？你男友叫什麼名字？」

「……叫陸毅鋒。」季曉不想說謊，他的確叫這名字。

「不就是我嗎？」陸毅鋒彎身堵住了季曉的雙唇，不想再停下來聽奇怪的發言。

雖然牽手和親吻都做過了，但季曉嘗試的親吻只是蜻蜓點水的方式，這回，他感受到陸毅鋒正吸吮著他嘴裡的舌肉，即便他的舌頭像死魚一動也不動，陸毅鋒仍舊不斷地翻攪他口中的一切，酥麻的感覺從嘴裡化開，麻到他整隻手臂都起了雞皮疙瘩。

季曉想抗拒這股油然而生的奇妙感，扭動著身體想掙脫，眼前的陸毅鋒卻把他的手壓得更緊，下身也更貼近他的下腹部。他感覺到陸毅鋒硬了，那硬挺的地方正頂著他的身體。

是男人本來就會解決生理反應，季曉就算整天說著不會喜歡上任何人，他也是靠右手解決性慾。但他第一次體會到男人正隔著衣物用那硬挺直接磨蹭著他的身體，那東西果然在尋找可以插入的地方吧？如果要更進一步，是不是會插入他的體內？他那裡可以容納這麼粗硬的東西嗎？

一想到此，季曉就覺得自己像是即將被食用的獵物般無處可躲，任由男人又是啃咬又是舔舐著他被吻到發紅的雙唇，吻聲一路延伸至他的側頸，磨蹭他身體的動作也沒有停過。

再這樣下去，他真的會在小說裡失身啦！

「對不起，我只想跟我男朋友做愛。」季曉想再做一次掙扎。

「真的嗎？你跟男友交往多久？」

「兩年左右。」

「這兩年你都做了什麼？」

「……我有每天起床和睡前都親他一次。」

「輕輕地吻算什麼！有摸過他的這裡嗎？」陸毅鋒邊說邊拉開拉鍊，季曉的雙手獲得了自由，正想推開對方順勢逃跑，陸毅鋒卻迅速抓住季曉的手，把季曉的手帶到自己已經很有精神的分身。

季曉尷尬地摸著那硬到不行的地方，再看向眼神裡充滿情慾的陸毅鋒。他從來沒有見過被慾望控制的陸毅鋒，看著陸毅鋒舔了一口乾燥的上唇時，他也忍不住吞了口口水。

「你如果不想動手摸我，那我就來舔你的。」陸毅鋒把季曉身上那礙事的褲子拉開，季曉則擔憂地低頭一看，發現自己正穿著今天出門時的衣服，他疑惑地挪動眼眸，現在所處的房間，和他與陸毅鋒分租的房間還真像，因為牆上有他買給陸毅鋒的世界地圖。如果是父親寫的小說，怎麼可能會預測未來，設定出一模一樣的場景？

「跟我做愛你還能分心，果然是我對你太溫柔了。」陸毅鋒脫掉季曉的內褲，摸著稍微勃起的性器，只有稍微，並不像自己那樣硬挺，這讓陸毅鋒感到失望。

「我真的沒辦法激起你的性慾嗎？」

陸毅鋒說完立刻埋進季曉的雙腿間，親吻著季曉的分身。

季曉想著，明明書中寫月圓之夜會有強大的性慾，如果他正扮演那位主角，現在一定硬邦邦的啊，怎麼會這樣呢？

陸毅鋒忽然抬起雙眸，直視著季曉的雙眼，這一刻，彷彿全世界都放慢了速度，陸毅鋒從性器頂端一路舔至根部，舌尖更沒有停止地滑過了那柔軟的陰囊，輕柔地舔舐著到囊袋與後庭間的部位，並在季曉的注視下又舔回頂端，從頭吞進了季曉的分身。

季曉活到二十九歲從沒有被人口交過，更沒有被人舔過陰囊，他害臊地不知道該不該看下去，但看著陸毅鋒正寵溺地舔著他雙腿間的各個部位，甚至親吻到他的大腿內側，那股想跟眼前這男人做愛的衝動從心底不斷湧現出來。

見到季曉抿緊唇壓制慾望，陸毅鋒便舔了一口食指與中指，一面來回吞吐季曉的分身，一面用手指挑逗著囊袋與後庭之間的連接處。

陸毅鋒來回吞吐得越來越快，季曉感覺全身已經血脈賁張快要招架不住，他只能抓著枕頭，嘴裡開始嗚咽地呻吟著，就在他曲起雙腿，不知道要夾住還是要踢開眼前的人的時候，陸毅鋒的手突然探入了他從來沒被人進入的穴口。

「為什麼……突然就摸那裡……」季曉害臊地看著陸毅鋒正將手指的一節探入他雙臀間最隱密的地方。

「還用說嗎？這是我待會要衝撞的地方，這根，會插入這裡！而且會不斷地撞進撞出！如果不好好擴張你會受傷。」陸毅鋒和他交往之後都特別客氣和溫柔，會說出這麼衝動的話，這男人果然是書中的陸毅鋒……

「不行、不行，那裡只有我男朋友可以進去。」

「嘖！」陸毅鋒發出厭煩的聲音，「反正你這兩年從來就沒有跟男友做愛過！你根本就不想跟男友做愛！」

季曉眼看陸毅鋒已經深入了第二節，他是有想像過跟陸毅鋒做愛的畫面，也嘗試自己擴張過，但就是不順利嘛！

為了不讓他疼痛，陸毅鋒又繼續含住他的性器，同時用手指繞著他的內壁，性器頂到陸毅鋒的喉嚨深處，喉嚨突然緊縮一下的感覺讓季曉不由得又呻吟了起來。

季曉自己把手指插進肛門裡面根本沒什麼感覺，可是陸毅鋒一直磨蹭著離穴口很近的位置，好像在探索什麼，季曉也逐漸適應內壁被磨蹭的感覺。

當陸毅鋒開發到他的前列腺時，季曉驚訝到挺起了上身。

「那個地方！不行……不能摸那裡！」

那股不想被人發現的奇妙感讓他推著陸毅鋒，想把陸毅鋒推開，但陸毅鋒卻更使力壓住他，加快舔舐他性器的速度，插入他穴口的手指也跟著加快。

「我不想聽你一直說不行……」陸毅鋒一面吞吐一面說話，現在就算季曉要踹開他，他也要把這件事做完，「其實你也很享受這種事吧？」

季曉的前列腺被指腹磨蹭頂撞得很舒服，整根性器被溫熱的雙唇箍緊吞吐，用力吸吮著前端的感覺也讓季曉舒服得一片空白。

這爽到快升天的酥麻感讓全身都陷入性慾的漩渦中，季曉深怕會在慾望之中無可自拔，本能卻又貪求享受這股快感，全身忍不住顫抖著，他竟然在一位書中角色的嘴裡射精了。

就算對方叫做陸毅鋒，他也不能對不是真正的陸毅鋒做這種事情！

他明明可以踹開這個人趕緊煞車，他卻輸給了慾望。

季曉在對方的嘴裡射出了陣陣白濁，射完精明明會舒服到忘我，可是季曉卻皺著眉頭看向挺起身子把他的精液全吞進去的男人，看著看著，眼淚就流了下來。

「季曉？」陸毅鋒上前關心著用力揉著眼睛，不想流淚卻還是哭了的季曉。

「我都說不行了！不行、不行！為什麼你不停下來！我有男朋友了，我說這裡只有我男朋友可以進去，你為什麼不聽我說還硬要插進來！就算只有手指也不行！」

「……等等，季曉你仔細看一下周圍，你現在在哪裡？」陸毅鋒想安慰季曉，季曉卻推開了他的擁抱。

「還用說，我不是穿越到小說裡了嗎？」季曉氣憤地瞪著陸毅鋒，雖然季曉覺得很生氣，但在陸毅鋒眼裡，那種眼神卻帶了幾分害臊。

陸毅鋒不管季曉怎麼推，硬是抱住了季曉，撫著他的後腦杓試圖安撫他的情緒。

「你剛剛在客廳看的那個文稿不是季震寫的，是我寫的！我只是無聊隨便寫寫，沒想到季震把他存起來了。」

會提到季震……而且還提到客廳……

季曉定神看著眼前的陸毅鋒，他們所處的地方的確是陸毅鋒現實中的房間。

「我回家看你倒在客廳桌，去洗澡完回來還看你睡在那裡，就想利用這次機會把你帶進我房間。才剛抱你進來你就想脫我的衣服，還一直摸我的褲檔說想看我那裡長怎樣！」

「騙人，我才不會說這種話！」季曉想反駁陸毅鋒說的話，可是醒來時，他的手好像真的放在陸毅鋒的褲檔上。

「那我們家門鎖密碼是多少？」季曉還是不甘心又問了只有兩人知道的事情。

「520025。」

季曉不敢相信自己居然醉到產生幻覺，以為出現了一隻手把他拉進電腦螢幕裡，好在他沒有真的穿越到小說中。於是他再次確定：「我真的有『一直』摸嗎？」

「就是一直。而且都在說小說的劇情，所以我順勢製造出你真的穿越小說的樣子，說了角色的台詞。我以為你會順著情慾跟我做到最後，沒想到……我讓你哭了。」陸毅鋒雖然話語中感到很自責，但他其實非常開心，因為季曉即使慾望衝腦，還是想起他的正牌男友。他親吻著季曉的耳邊，輕語：「所以舒服嗎？」

季曉埋在他肩上的那張臉微微地點著頭，「嗯」了一聲，並收緊手臂。「好像沒有想像中的可怕。」

陸毅鋒繼續親吻著季曉的耳畔，並試著吸吮那敏感的耳垂。「那我們繼續吧。」陸毅鋒沒打算給季曉問句，直接將季曉抱在胸前。

「等一下。」季曉卻突然喊暫停，起身衝出房間，倒了一杯酒精濃度超過二十的酒，一口乾了，再衝到浴室，關門前先告知陸毅鋒：「我要一些時間準備！如果你性慾消火了就去睡吧！」

陸毅鋒看著被甩上的廁所門，並俯視自己雙腿間快要爆炸的東西，這種時候怎麼可能睡得著。陸毅鋒亂抹著臉，被掌心覆蓋的黑色視野中持續重複著他所妄想的畫面。

自從交往之後，他就想過各種和季曉交合的畫面了。如果是第一次，要在浴室，伴著溫熱的水氣，一邊洗澡一邊從身後插入好呢？還是在客廳看電影的時候，伴著電視的聲音在沙發上做愛好呢？還是乾脆暴力一點，不管在什麼地方，直接抓住季曉的腰，強行把那根硬挺撞入火燙的內壁，凶狠地往最深處衝撞好了。

可是當他想到季曉可能會痛，或是因此拒絕與他靠近，他就不敢輕舉妄動。要踏出原先沒有的那一步，陸毅鋒可是忍了很久，都已經有一輩子得靠右手的決心了，沒想到居然在平凡的這天有和季曉合而為一的機會！

陸毅鋒很想壓抑住在身體不斷竄動的熱流，明明應該被肋骨保護好的心臟，此刻快被他緊張的情緒給逼到跳出來，身體裡整個血液都在迅速地流動，興奮到四肢都在發抖，都還沒有做愛，他怎麼可以現在就死！

季曉就像算準了他差點要興奮死掉的前一刻出現，可能深怕會看到陸毅鋒一些十八禁的畫面而小心翼翼地從廁所門邊探出頭，發現陸毅鋒還穿著衣服時，便放心地慢步走來：「你沒睡呀……我準備好了！」

那個慢步實在太慢了！陸毅鋒現在恨不得抓住他把他甩在床上。但是第一次做愛不可以嚇到季曉，要是插進去那一刻讓季曉覺得劇痛，以季曉的個性搞不好就不想嘗試第二次，他就真的得永遠靠右手解決了。

陸毅鋒抱著好不容易出現的主角，把季曉抱到自己的腿上，手指深入被溫水浸溼而黏在頸部的髮絲，來回順了幾次後他的雙手停在季曉微微泛紅的臉頰上。

明明看過無數遍的臉，但陸毅鋒從沒有像現在這樣，能從季曉朦朧的目光底下看見和他一樣強烈的性慾。他將季曉白皙的臉蛋推進自己，覆在那雙柔軟的唇上，舔舐著那被吻到有些腫起來的雙唇，感受到季曉也摸著他的後髮。

兩人享受幾次蜻蜓點水的吻後，順勢張開雙唇，渴望合而為一的舌肉正翻攪著彼此。陸毅鋒想舔遍季曉所有的肌膚，吸吮從他身上散發出的味道和液體，他張了嘴，舔了口從兩人的唇瓣間滲出的唾液。

當陸毅鋒稍微離開季曉的雙唇，就見季曉邊喘著氣邊微張著嘴，再搭上微醺而朦朧的目光，骨感的肩膀，以及比想像中還有肌肉的胸膛，陸毅鋒忍不住彎下身，還來不及脫去季曉的襯衫，他就透著衣物啃咬季曉胸前的突起物。

季曉沒想過會被陸毅鋒舔這個部位，嘴裡不由得發出了呻吟。

「第一次被舔這裡嗎？」對於陸毅鋒的問話，季曉微微地點頭。陸毅鋒想到這裡是他佔領的地盤，一股衝動就將季曉壓倒在床上，敞開季曉的衣物，吸吮親吻著胸前的每一處，並慢慢地往下挪動。

從第一次看見季曉，就覺得季曉的骨架比一般男性還纖細，但脫掉衣服的季曉並沒有想像中的瘦弱，陸毅鋒抱著季曉並將他翻過身，讓季曉趴在床上。

他房裡早就有去年情人節買好的潤滑液和保險套，他將套子套在他的手指上，並塗滿了潤滑液，探入雙臀間的深處。

陸毅鋒很清楚看見自己的手指正進入季曉的穴口，可能是方才已經磨蹭過，裡頭很快就能適應他一根手指，他開始放入第二根。

「感覺如何？」

「嗯……好熱……」季曉轉過頭看向陸毅鋒，醉意起來後，就算被陸毅鋒盯著後穴，季曉也不覺得害臊，而且陸毅鋒明白，只有在喝醉酒的時候，季曉才會說出真心話。「想要……動快一點。」

「是嗎？你已經習慣兩根了嗎？不可能吧……難道你自己有做過？」

「……在你生日的前幾天有試著擴張過，哈哈……好難喔……一個人要怎麼擴張啊……」季曉埋在被單裡傻笑著，說完，又回頭露出可憐的模樣，「幫我好好擴張，不然你那個……放不進去。我不想痛。」

陸毅鋒真的拿季曉沒辦法，這種時候去喝酒，又說這麼可愛的話，如果不趁這時候好好疼愛季曉，還要等何時！

陸毅鋒俯視著先被當作性器的手指不斷進出緊閉的穴口。隨著速度越來越快，季曉也因為喝醉而放飛自己，頻頻發出呻吟聲。

「啊……啊……啊……」的甜美聲音就像不斷催促著陸毅鋒用三根手指插入，在那裡頭又是繞圈又是進出。因為主人說不想痛，陸毅鋒便擴張了好一陣子。終於，季曉的身體已經不再排斥他的手指。

陸毅鋒俯視自己雙腿間終於可以有作為的分身了，急忙脫下長褲，替腫脹的性器套上保險套。一手攙扶著季曉那不施點力撐住，好像就會軟下去的腰桿，一手慢慢地對準那夢寐以求的地方。

他正緊盯著自己的陰莖緩慢地撐開季曉那皺褶的穴口，看著那根慢慢埋進雙臀間，異物的入侵令季曉不由得扭動身體，他抓住了季曉想要逃走的腰桿，再埋進去一點點之後停了下來。

「怎麼……停下來了……」季曉回眸看向正俯下身抱住他的陸毅鋒，不明白滾燙的肉棒就只進去一點點。

「如果硬是擠進去，你會痛到彈起來。」陸毅鋒咬著嘴瓣，季曉以為他不想整根撞進去嗎，但就是害怕季曉會痛到永遠不敢嘗試，所以他只能忍耐，現在已經到了就算不插進去，光在季曉的臀間來回磨蹭他可能就會射了！

他得要冷靜下來，先淺進淺出地來回擺動，或許季曉就會沉溺在前列腺快感，然後趁那時候再一鼓作氣插進去……

季曉握緊拳頭，內壁的那一處再度被陸毅鋒粗硬的前端來回頂撞，他查過資料也嘗試摸過前列腺，自己摸都沒什麼感覺，可是只要想像陸毅鋒的分身正插入他的身體裡，那裡正緊緊相連著，他們所做的事情正是性交，克制自己不失常的理性就被撞到不知消失到哪裡去了。

季曉舒服得前端射出了一些黏稠的液體，那股下腹部不斷湧現的酥麻感像一股電流，麻到他的後腦杓。單單只是感受到陸毅鋒正將身體貼在他的背後，一手撫摸他胸前的乳尖時，所有的開關都被開啟了，他甚至忍不住配合陸毅鋒進入的動作，主動擺動著腰桿。

「你真的是……」陸毅鋒原以為還要再一陣子才能整個插進去，看來季曉也和他一樣忍耐不住，他便雙手緊摟住季曉的胸膛，那根火燙的肉身硬是擠入了季曉狹窄的內壁，把那通道擠成了能接納陸毅鋒的形狀。

季曉才剛沖過澡，身體卻又流了汗水。陸毅鋒便嗅著季曉後頸與背脊的氣味，並舔著那流下的汗水。為了讓整根性器都插入季曉的身體，他不斷親吻著季曉的背脊，把那白皙的背脊都給吻紅了一遍，直到整根分身都埋進了季曉的體內，陸毅鋒已經無法停下來讓季曉適應了，縱情擺動著身軀，好讓那火熱的柱身能好好地撞進季曉的最深處。

陸毅鋒發出的吻聲讓季曉不自覺吞了口水，回頭向陸毅鋒索吻，兩人便再度深吻著，口中甜美的滋味完全蓋過了頸部被扭轉的難受感。連接在一起的下身不斷地被來回進出磨擦，上面的舌頭也激烈地交疊翻攪，似乎身體裡的所有地方都合而為一般令人舒爽到想永遠沉溺在洶湧的快感中。

季曉本來很害怕被插入，也無法想像用那裡做愛會得到舒服，甚至因為可能未來無法讓陸毅鋒進入自己的身體，擔憂陸毅鋒會不喜歡自己，而找其他伴侶。

所以當陸毅鋒錄取了新的女店員，或是看到店裡滿滿可愛的女孩子，他就感到緊張。如果自己跟陸毅鋒的性事不順利，到時陸毅鋒去找別人做愛，他也沒資格說什麼。

可是現在的他很訝異自己竟然為了索求更多快感而配合陸毅鋒撞入的頻率擺動腰臀，想不到有一天他會煩惱要如何壓抑這股源源不絕的性慾！

「啊……啊……不行，我的裡面被塞得好滿……怎麼會這樣……不行再撞了……」

「我可以把你的『不行』聽成『想要』嗎？」陸毅鋒沒有打算退開的意思，甚至因為這句話，他加快了速度，房間裡頓時充斥著兩人交合的碰撞聲與不由自主發出的粗喘聲。

只要陸毅鋒用力抽插，身體裡就會發出潤滑液被磨蹭出的水聲，一直聽著這些聲音，季曉快要受不了了。

「真的不行……不然我會……毅鋒……這樣我會射出來！」

「那就射啊，快射吧，我想看你因為我而射精，把那些不想讓人看到的畫面都給我看……」

陸毅鋒抱緊季曉的身體，往前不斷地猛送，季曉害怕地轉過頭，頂著通紅的雙眼又發出誘人的呻吟，「啊……我想要接吻，我要接吻，啊……陸毅鋒……快吻我……快點。」

陸毅鋒伸長脖子吻了季曉，兩人的雙唇緊密貼合在一起，整根肉棒不停貫穿季曉的身體。

「啊、啊……你也要射了嗎……還是只有……只有我……」季曉在兩人嘴裡含糊地說著。

陸毅鋒不是不願回答，此刻上下都用力緊連在一起的緊繃感讓他在心裡直呼爽快，就算工作了一整天累到都不想動，但插進季曉的體內真是太爽了，不管做幾次，他都可以一直擺動下去。季曉比妄想中的還要煽情，自己的性慾也比預想中的狂妄，要是上癮就不用生活了。

「季曉，我愛你……真的……好愛你，這世上能讓我有如此性慾的人，只有你……以後，都跟我做愛。」

陸毅鋒每說一句，就親吻著季曉的唇，季曉實在招架不住陸毅鋒在做愛時說這句話，除了告白那次，平常的陸毅鋒不怎麼說出喜歡還是愛的，就在全身都酥麻得快要無力，體內的快感不斷堆疊即將達標，在這種時候居然……說愛他！

啪啪啪的聲響已經到達最快的頻率，兩人的快感都到達了頂點，好似有一道白光從身體中心炸開，季曉感覺到眼前一片亮白，性器前端宣洩了全身上下的慾望，這一射，內壁裡陣陣的收縮讓陸毅鋒忍不住也射了出來，雖然陸毅鋒想像自己的白濁都填滿了季曉的通道，但實際上還是有保險套這種阻隔的東西存在。

陸毅鋒不急著抽出自己的性器，他向前環抱住季曉的身體，在他看見的地方吻出一道道的紅印，吻到季曉逐漸恢復理性。

「你現在……是把我的背……當作領地在佔領嗎？」

「嗯，是戰績。你也可以在我身上留下印記呀。」

真是不公平，在季曉耳裡聽來，陸毅鋒的聲音還游刃有餘，而他剛剛喘得跟什麼發情的動物似的，季曉閃過了一絲該不會陸毅鋒插進他體內並沒有想像中的舒服吧？

倏地，季曉推開了陸毅鋒。陸毅鋒整個人躺在床上，目視著把掛在身上的襯衫扔到一旁的季曉。

季曉的胸前和腹部都有被陸毅鋒吸吮出的痕跡，那副身體騎在陸毅鋒身上看起來格外誘人，不過那張臉似乎有點生氣，陸毅鋒不明白都達到高潮為什麼要生氣？

季曉火爆地脫去陸毅鋒的T恤，咬向陸毅鋒的雙唇。

陸毅鋒雖然不知道季曉在生氣什麼，不過隨後，季曉就摟住他，讓彼此裸露的上身緊貼在一起，同時把臉埋在他肩上，說著：「你有舒服嗎？」

季曉明顯聽到陸毅鋒用鼻子哼笑了一聲，他以為自己被瞧不起了，但陸毅鋒卻摸著他的頭髮，似乎是做愛太過激烈，讓季曉的頭髮都亂了。他一邊梳順一邊輕咬著季曉的耳垂，「跟月圓就會發情的人做愛當然舒服。比我想像中的舒服好幾倍。」說完，他坐起身，環住季曉的腰，讓季曉好好坐在他的身上。

季曉只是雙手摟住陸毅鋒的頸部，沉默了一會兒，才開口問：「為什麼會寫月圓會發情的人？你的創作靈感是什麼？」

陸毅鋒刻意動了幾下身體，想要告訴季曉，他雙腿間的性器還很有活力。「沒辦法，那時候季震約的餐廳裡都會見到某個人，所以我就……」他貼近季曉的耳邊低語著：「看著清純可愛的大學生季曉寫下作品。」

反正他也只是隨便寫寫，沒有想完稿的意思，不過這句話讓季曉挪開了身體，一下子，臉又紅了起來。

「我哪有月圓就會發情，我給你的第一印象到底是什麼！」

陸毅鋒把季曉拉回懷中，用那再度昂首的分身在兩人的身上磨蹭著。下身就像迫不及待要翻雲覆雨再做一遍，但雙手卻很溫柔地捧住季曉那張看不出年齡的臉蛋。「像小狗一樣有神的眼睛，紅潤的雙唇，比周圍朋友還白的皮膚，還有總是喜歡穿過大的外套，很合身的窄管褲。一坐下來看書就可以坐一個小時都不動。還有……似乎很喜歡那雙高筒帆布鞋。雖然斜背包也不錯，但揹後背包的時候最可愛了。全身上下都是我喜歡的模樣，所以我很想知道衣服底下的你是什麼樣子。」

季曉輕輕揍了陸毅鋒一拳，「胡思亂想也要有個底限！」

「誰叫季震每次聚會都會提到你，我都可以幫你寫自傳了。」

陸毅鋒說完，套上保險套，他要季曉稍微抬起臀部，並讓季曉按照自己的方式往下坐，看著季曉從鎖緊眉頭，到眉尾忽然下垂，整個坐在他的腿上，意味著整根性器又再度埋入季曉的體內。由季曉主動來果然又是不同的興奮感，陸毅鋒感覺到埋在季曉體內的那東西又比方才更硬了。

季曉慢慢地上下動著，發現環住陸毅鋒的頸部比較好施力，他便緊緊抱住陸毅鋒，試著自己主動。

正喘著氣息，扭腰擺臀的男人就是陸毅鋒以結婚為前提交往的季曉，以「結婚」為前提可不是說說而已。

「趁二十九歲的時候，要不要……跟我結婚？」陸毅鋒忽然說出這句話。

但季曉還沒回答，陸毅鋒便抓住季曉的臀肉，主動且用力地撞進季曉的身體，把季曉的身體撞上，又讓他因重力坐下來，隨著被撞開的距離越大，插入的力道也越強，這麼劇烈的抽插季曉會受不了，他想說話，但是身體一直上上下下讓他說不了完整的句子。

「等、等一下……啊……太快了，我還沒……還沒準備好……啊……」

「不等，待會做完就去登記結婚。」

「要早上……戶政早上才有開……」

季曉以為這輩子都不會喜歡上任何人，更不會步入禮堂。看著一些大學畢業就組織家庭，或是帶著孩子出席聚會的同學，他雖然嘴裡說不羨慕，一個人生活很自在，但他會特別留意這些，就代表他其實很嚮往家庭的生活。

如果不是穿越到父親的小說裡，他根本不會認識陸毅鋒，更不會跟陸毅鋒同居，甚至聽到他一直很想聽見的話。

然而現在的季曉正被陸毅鋒一陣猛烈地撞擊，陸毅鋒做愛的力道比方才更兇猛，季曉覺得整個下身都變得火燙，整身都酥麻得癱軟無力，身體被撞得上上下下無法說出什麼理性的話。「跟你說慢一點了……我真的又要、又要……射了啦！」

「我會幫你舔乾淨。」陸毅鋒吐息時，那熱氣搔著季曉胸前的乳尖，讓他整個心又變得搔癢難耐。

室內再度交織出做愛的聲響，季曉捧住陸毅鋒的臉，弓著背胡亂地吻向陸毅鋒，身體也配合陸毅鋒的撞擊上下擺動。兩人碰撞的頻率越來越快，所有感官都到達了極限，一股強烈的快感就要衝破最頂點的防線。

原本陸毅鋒預想兩人的第一次做一次就好，誰叫季曉的身體、說出來的話、聲音和反應都這麼可愛誘人，忍不住又在季曉的體內宣洩出所有的慾望，季曉也達到高潮，在彼此緊貼的身上射出了白濁。

兩人緊緊相擁，沉默了許久，季曉側著臉龐，在陸毅鋒耳邊輕語著：「結婚之後……我就是你的家人了。毅鋒，我很高興……能成為你的家人。」

季曉的話像是填滿了陸毅鋒曾因為失去爸爸而破洞的那顆心，他本來不再奢望能擁有一個愛他的家人，然而季曉卻說出了他最期盼聽到的話。

「謝謝你，季曉……我真的是……好愛你。」

季曉一想到即將要和陸毅鋒開啟人生的新篇章，便靠在陸毅鋒的肩上幸福地笑著。

（番外篇完）

後記

舊雨新知大家好，我是夏天晴，很榮幸能在台灣角川 KadoKado 角角者網站連載這部作品並出版實體書。這是我初次嘗試每週連載一次的方式進行寫作，很謝謝大家不嫌棄收藏閱讀以及購買了這本書。

距離我出版第一本書已經快十二年了，時間過得好快，不知道有沒有讀者是從那時候就看我的書呢？或是從 KadoKado 角角者不經意滑過，因為很長的書名而點進來的讀者呢？不管是從什麼時候開始看我的書，我都非常感謝你購買這本實體書。

以前我就對「穿越」題材非常感興趣，寫作生涯中也寫過穿越的故事，以往「穿越」對我來說都是時間線的跳躍，穿越到未來或是過去。而這部作品則是從現實世界穿越到小說的虛構世界。

在季曉與陸毅鋒進入小說世界裡初期，配角們被賦予了必須順利推動劇情的使命，所以初期季曉會受到固有的劇情安排影響，進而遇到危險。

然而季曉與陸毅鋒是現實人物，他們不是作者設定出來的角色，他們擁有自主的意識做選擇，因此在故事中，他們選擇了自己想要的路線，創造了《殺意自白》這本書的內容與結局。我覺得人生也像故事一樣，每個人的人生，都是由不同的選擇組織出來的結局路線，希望每個人都能做出不讓自己後悔的選擇，朝向自己期盼的未來前進，也願我們能努力地活下去。

在此非常感謝責編、繪師和推動這本書出版的各方專業人士們讓這部作品擁有如此精緻美麗的實體書，同時感謝購買這部作品或是從 KadoKado 角角者連載時期就關注這部作品的讀者小天使，願我們能在下一部作品相見。

寫於聽著JO1第六張單曲中《Rose》的秋天　夏天晴

國家圖書館出版品預行編目資料

穿越到小說裡成為第一個被殺的砲灰 / 夏天晴作
. -- 初版 . -- 臺北市 : 臺灣角川股份有限公司 ,
2023.01-
冊 ;　公分

ISBN 978-626-352-179-7 (平裝)

863.57　　　　　　　　　　　111018441

穿越到小說裡成為第一個被殺的砲灰

作者 夏天晴
插畫 Welkin

2023 年 1 月 27 日 初版第 1 刷發行

發行人 岩崎剛人
總監 呂慧君
編輯 陳育婷
設計主編 許景舜
印務 李明修（主任）、張加恩（主任）、張凱棋

台灣角川

發行所 台灣角川股份有限公司
地址 104 台北市中山區松江路 223 號 3 樓
電話 （02）2515-3000
傳 真 （02）2515-0033
網址 http://www.kadokawa.com.tw
劃撥帳戶 台灣角川股份有限公司
劃撥帳號 19487412
法律顧問 有澤法律事務所
製版 尚騰印刷事業有限公司
ISBN 978-626-352-179-7

※ 版權所有，未經許可，不許轉載。
※ 本書如有破損、裝訂錯誤，請持購買憑證回原購買處或連同憑證寄回出版社更換。

©夏天晴SHATENCHIN